www.tredition.de

Über den Autor

Jahrgang 1948, verheiratet, von 1998 bis 2001 Aufenthalt in Namibia, lebt jetzt in Schlangenbad.

Studium der deutschen Sprache und Literatur, Politologie und Soziologie an der Johann Wolfgang Goethe - Universität in Frankfurt am Main. 1982 Promotion zum Doktor der Philosophie. Lehrtätigkeit am Gymnasium in Frankfurt am Main.

Wenn man einmal Lehrer war, dann kann man es mit der Literatur einfach nicht lassen. Und da man nicht mehr Rechtschreibung, Grammatik und Interpretation mit den Schülern üben muss, so verlegt man sich auf die Dinge, die am meisten Spaß machen, nämlich das Geschichtenerzählen. Zumal wenn man eine gewissen Zeit seines Lebens in Afrika verbracht hat, dann hat man so viel gesehen und erlebt, dass die Fantasie noch lange Purzelbäume schlägt.

Außerdem ist das Palavern, also das lange Erzählen, dort Teil der Lebenskultur. Wenn man sich nicht die Zeit nimmt, ein wenig zu plaudern, dann kommt man nicht weit, weil jeder einen für langweilig und unhöflich hält.

WIDMUNG

Für all die fleißigen Schwimmerinnen und Schwimmer

Und das freundliche Team der Bademeister

Des Freibades zu Eltville am Rhein

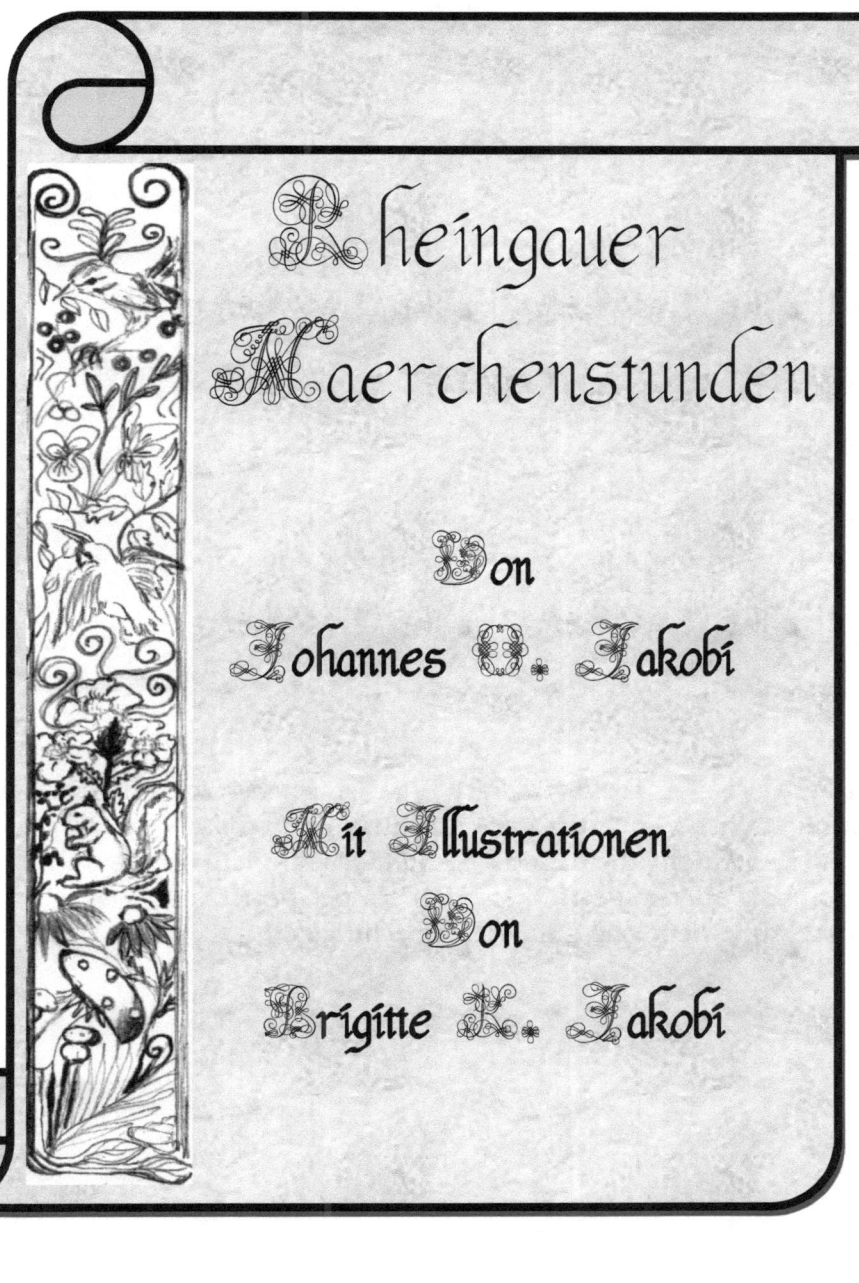

Rheingauer Maerchenstunden

Von
Johannes O. Jakobi

Mit Illustrationen
Von
Brigitte K. Jakobi

© 2015 Johannes O. Jakobi

Umschlag, Illustration: Brigitte K. Jakobi

Verlag: tredition GmbH, Hamburg

ISBN
Paperback: 978-3-7323-5217-3
Hardcover: 978-3-7323-5218-0
e-Book: 978-3-7323-5219-7

Printed in Germany

Das Werk, einschließlich seiner Teile, ist urheberrechtlich geschützt. Jede Verwertung ist ohne Zustimmung des Verlages und des Autors unzulässig. Dies gilt insbesondere für die elektronische oder sonstige Vervielfältigung, Übersetzung, Verbreitung und öffentliche Zugänglichmachung.

Inhaltsverzeichnis

EINLEITUNG

„Erzähl doch keine Märchen!", hört man auch heute noch häufig. Aber warum eigentlich nicht? Das fragten wir uns auch. Jeder von uns hat, wann immer das auch war, Märchen gelesen, gehört oder in irgendeiner Inszenierung gesehen. Den Gebrüdern Grimm, die so eifrig gesammelt und aufgeschrieben haben, gebührt nach wie vor Dank. Ihre Märchen sind ortsungebunden und zeitlos in der mündlichen Überlieferung. Als wir auf die Idee kamen, selbst Märchen zu schreiben und zu illustrieren, war das, als würde man beschließen, die Jahre seines Lebens zurücklaufen zu lassen, um wieder Kind zu werden. Aber der Gedanke hatte etwas Faszinierendes, ein eigenes Märchen zu komponieren und es sich hernach wechselseitig vorlesen zu lassen. Alle Personen, denen wir von unserem Vorhaben erzählten, reagierten überaus positiv, gaben an, Märchen zu lieben und zwar unabhängig von Alter oder Bildung.

Eine so alte Kulturlandschaft wie der Rheingau braucht eigene Geschichten, um auch seine sehr spezifische Identität zu wahren. Zwar sind unsere Märchen allesamt frei erfunden, doch wenn sie, liebe Leserin, lieber Leser, demnächst wieder durch eine der so hübschen und liebenswerten Rheingauer Ortschaften spazieren, dann werden sie dies künftig sicherlich mit anderen Augen und geschärften Sinnen tun. Wenn sie die alten Häuser, Gärten und Gemäuer betrachten, dann könnte es leicht sein, dass ein Zwerg um die Ecke lugt, oder ihnen eine freundliche Fee den rechten Weg weist. Wenn sie auf ihren Wanderungen durch den wunderschönen Rheingau auf eine der zahllosen Wiesen stoßen, dann seien sie besonders aufmerksam, denn es wäre durchaus möglich, dass sie zufällig den Gesang der Blumenelfen vernehmen können.

Lesen sie die Märchen in der Weise, als würden sie selbst diese einem Kind erzählen. Nehmen sie sich einfach die Zeit dazu, langsam und gemütlich durch diese Welt zu schlendern. Erinnern sie sich daran, dass in den Märchen die Zeit anders vergeht. Um ihnen diese kleinen Pausen zu gönnen, haben wir in unsere Märchen kleine Lieder eingewebt, die man laut lesen oder gar nach einer eigenen Melodie singen könnte. Ohnehin sollte man alles tun, um sich noch beim Lesen zusätzlich in diese Zauberwelten einzubringen. Seien sie mutig, übernehmen sie eine Rolle, seien sie Zwerglein oder Zaubervogel, was immer sie möchten! Durchstreifen sie den Märchenwald auf der Suche nach etwas, was wir in unserer Zeit bereits weitgehend verloren haben. Blicken sie über staubige Straßen ohne Teerbelag, auf denen gar bald eine goldene Kutsche heranrollt. Setzen sie sich ruhig selbst eine Krone auf, schauen in den Spiegel und lächeln sich zu. Vielleicht sehen sie in ihren Augen jetzt ebenfalls zarte Elfen tanzen. Haben sie keine Angst davor, wieder ein Kind zu werden, ihr Leben neu zu entdecken. Lassen sie sich in das Märchen hineingleiten, ein wenig verführen, betören und verzaubern. Beginnen sie zu träumen!

Brigitte und Johannes Jakobi

Der Geist Im Weinberg

Über das gesamte Rheintal zwischen Eltville und Lorch ziehen dicke, graue Regenwolken, die immer neue Wassermassen heranführen, obwohl es doch schon seit Tagen fast ununterbrochen regnet. Wer sich da draußen aufhalten muss, beeilt sich, schnell wieder ein Plätzchen im Trockenen zu finden. Außerdem ist es für die Jahreszeit viel zu kalt, und die jungen Weinstöcke an den Berghängen frieren ganz erbärmlich. Besonders dann, wenn auch noch der Wind auffrischt und durch ihre Reihen jagt, ist es kaum auszuhalten. Dann packt er die wehrlosen Rebstöcke und schüttelt sie mit aller Kraft. Wenn er so rüttelt, reißt er auch die Blätter von ihren Zweigen und verteilt sie über den ganzen Weinberg. Allerlei dumme Späße und Schabernack treibt er mit ihnen. Er singt:

„Puste, Wind, und lass die Trauben

An ihr schnelles Ende glauben!

Reiß´die Blätter von den Reben,

Lass den ganzen Stock erbeben!"

Doch so wild und ungestüm er sich auch gebärdet, den kleinen, grünen Trauben, die da an ihren Stängeln hängen, vermag er nichts anzuhaben, denn sie klammern sich derart fest, dass er sie nicht abreißen kann. Dennoch jammern und weh-klagen sie:

„Du böser, böser Wind, du! Warum quälst du uns mit deinem kalten Atem? Willst du, dass wir er-frieren? Das finden wir ganz gemein! Wir müssen es doch warm und sonnig haben, damit wir wach-sen und dick und rund und süß werden. Dann erst können uns Hände der fleißigen Winzer ernten und den Menschen herrlich goldenen Wein liefern. Lass also ab von uns, guter Wind, und puste statt-dessen diese scheußlich nassen Regenwolken da-von, damit uns die liebe Sonne wieder wärmen kann!"

Der Wind aber lacht nur über die Klage, biegt noch einmal spielerisch neckend die Weinreben hin und her, um dann doch, man mag es gar nicht mehr glauben, mit einem gewaltigen Pusteschwall seiner dicken Backen die schwarzen Regenwolken weit über die Weinberge und den Rhein hinauszutreiben.

„Ich bin das wilde Himmelskind,

Ich zerre hier und zupfe dort!

Ha, ha, ich bin ein Wirbelwind

Und ziehe fort von Ort zu Ort!"

„Danke, lieber, lieber Wind!", rufen da die Trauben, aber der hört es schon nicht mehr, weil er bereits mit Windeseile auf und davon ist. Zurück bleiben die zufriedenen Trauben und wachsen in der wärmenden Sommersonne. Noch ahnen sie nicht, dass der Wind und der Regen nur das kleinere Übel waren, denn alsbald sollte ein großes Unglück über sie hereinbrechen.

Eines späten Nachmittags verdunkelt sich plötzlich der Himmel. Selbst die kräftigen Strahlen unserer lieben Sonne vermögen es nicht, ihr Licht auf die Weinstöcke zu senden. Erschreckt wenden sich alle Traubengesichter nach oben, fürchten schon, dass der kalte Wind und die schwarzen Regenwolken zurückgekommen sind. Nein, das nicht! Weit gefehlt! Der Wind befindet sich gerade über dem fernen Meer und pustet mit seiner Kraft in die Segel der Schiffe, dass diese nur so über die Wellen sausen. Der Wind kann es also nicht sein, aber wer oder was ist es dann? Hier oben, genau hier in den Weinbergen, beginnt das Unheil, seinen Lauf zu nehmen.

„Was ist denn dieses Jahr nur los

Mit Schönhell, Sandgrub, Wasseros?

Da droht Gefahr, da naht etwas.

Oh je, das ist fürwahr kein Spaß!"

Rebläuse sind's! Erst als sie näher kommen, werden aus den dicken Wolken, die den Himmel verdunkeln, Millionen und Abermillionen von diesen kleinsten Plagegeistern. Wie hungrige Wölfe stürzen sie sich gierig auf die wehrlos dastehenden Weinstöcke und setzen sich mit ihren Krallenfüßen auf deren Blättern fest. Dann, oh Graus, senken sich ihre langen Rüssel in die Adern der Blätter und saugen den süßen, klebrigen Saft aus ihnen heraus.

„Halt! Halt! So geht das nicht!", rufen da die Trauben. „Ihr müsst sofort damit aufhören! Dieser Saft gehört uns! Wir brauchen ihn dringend! Wie sollen wir denn dick und rund werden, wenn ihr uns unsere Nahrung wegnehmt? Unsere Aufgabe ist es doch, den Menschen goldenen Wein zu liefern, damit sie nachts gut schlafen können und schöne Träume haben! Wenn ihr alles wegfresst, dann werden unsere Menschen unglücklich sein und vor lauter Durst nicht einschlafen können! Hört also sofort damit auf, unsere Blätter auszusaugen! Sonst sagen wir das dem Winzer!"

Der aber weiß schon längst Bescheid. Auch er hat die Rebläuse kommen sehen. Und er ist ratlos. So viele waren es noch nie! Was soll er nur tun? So ein Unglück, solch ein Unheil in seinem geliebten Weinberg!

Doch die Saft saugenden Rebläuse kümmern sich weder um die jammernden Trauben noch um den verzweifelten Winzer. Voller Gier und einfach nicht satt zu kriegen, senken sie ihre Rüssel wieder und wieder tief in die Blattadern und stehlen den Trauben den wichtigen Lebenssaft. Ja, gleichsam als wollten sie die bereits geplagten Trauben noch verspotten, fallen ständig neue Scharen von Läusen vom Himmel und beginnen sofort mit dem Fressen. Weit über die Hänge des Rheins ist ihr Schmatzen zu vernehmen:

„Schmatz! Schmatz! Schmatz!

Er gibt uns Kraft

Dieser geile Blättersaft!

Die grüne Brühe tut uns gut,

Wie auch der ganzen Läusebrut!"

Das wiederum freut die Fee Morena, die auf der anderen Seite des Rheins über ihr Reich herrscht. Sie war es, die die Rebläuse geschickt hat. Aber warum nur? Warum?

Die Sache verhält sich so. Der alte Geist des Weinbergs, der im schönen Rheingau wohnt, und die Fee Morena, die aus Rheinhessen kommt, streiten sich meistens, wer die süßesten und schmackhaftesten Trauben hat und wer daraus den besseren Wein herstellt. Dieses Mal aber streiten sie gar so heftig. Morena ist empört:

„Natürlich ist unser Wein aus Rheinhessen besser als der eure aus dem Rheingau!"

Das wiederum ärgert den Geist des Weinbergs:

„Das glaubst du nur, Morena. Warum kommen denn so viele Touristen nach Rüdesheim und trinken unseren Wein?"

Darauf antwortet Morena:

„Weil sie dumm sind und keine Ahnung von einem guten Wein haben!"

Jetzt wird der Geist des Weinbergs richtig wütend und er vergreift sich im Ton:

„Du weißt doch selbst nichts über Wein, du alte Hexe! Du kannst ja noch nicht einmal weiße von blauen Trauben unterscheiden!"

Oh, je, das war zu viel! Morena ist tödlich beleidigt. Das mit der alten Hexe hätte sie ja noch hingenommen, aber dass sie die Trauben nicht voneinander unterscheiden könne, das schlägt doch dem Fass den Boden aus! Während sie jetzt aufsteht und weggeht, dreht sie sich noch einmal um und ruft:

„Ich werde mich für deine Frechheiten rächen, Weingeist! Deine dummen Rieslingtrauben werden bald ihr blaues Wunder erleben!"

Bei ihrem Verschwinden ist ein unglaublich lauter Knall zu hören und blauer Rauch steigt auf über dem Rheintal.

Es kommt, wie die Fee Morena es angekündigt hat; das Unheil ist da, und nach wenigen Tagen sind unsere Trauben nicht mehr wiederzuerkennen. Kraft- und saftlos hängen sie an ihren Stängeln und haben keinerlei Freude mehr an der lieben Sommersonne. Die Läuse dagegen sind weiterhin an der Arbeit, unstillbar scheint ihr Hunger zu sein. In ihrer Not beschließen die Trauben, sich an den Geist des Weinbergs zu wenden und diesen um Hilfe zu bitten:

„Oh, Geist des Weines! Ein großes Unglück ist über uns hereingebrochen! Die gefräßige Reblaus hat uns fest im Griff. Sie trinkt uns den Lebenssaft weg, und wir können nicht mehr wachsen und reifen. Wenn nicht bald ein Wunder geschieht, werden wir vertrocknen und absterben. Wer soll dann den Menschen ihren geliebten goldenen Rheingauer Wein liefern? Wir jedenfalls vermögen es dann nicht mehr. Bitte, guter Geist, sprich du mit den Läusen und bringe sie dazu, von uns und ihrem bösen Tun abzulassen!"

Der Geist des Weinbergs lebt in einer kleinen Höhle zwischen uralten Weinstöcken. Für Menschen ist diese Höhle nicht zu entdecken, aber die Trauben kennen ihren Weg. So haben sie auch keine Mühe, den Geist davon zu überzeugen, dass er ihnen helfen soll, denn der Geist selbst ist einem guten Tropfen keineswegs abhold. Außerdem plagt ihn sein schlechtes Gewissen, denn schließlich trifft ihn ja ein gut Teil der Schuld. Hätte er die Fee Morena nicht herausgefordert, wären die Rebläuse nicht über seine Weinberge hergefallen. Aber das verrät er den besorgten Trauben natürlich nicht.

Noch vor Einbruch der Dunkelheit verlangt er, den Anführer der Reblausarmeen zu sprechen. Doch ganz so einfach, wie es klingt, ist das nicht, denn die Läuse sehen alle gleich aus, und keiner von ihnen will sein Fressen unterbrechen, um nach ihrem Chef zu suchen. Nur durch inständiges Bitten an eine besonders fette Reblaus, deren Bauch bereits zum Platzen voll ist und die beim besten Willen nichts mehr hineinbringt, gelingt es dem Weingeist, den Anführer der Rebläuse ausfindig zu machen. Der aber ist höchst ärgerlich, dass er beim Essen gestört wird, und lauscht nur missmutig dem, was der Geist des Weinbergs vorbringt. Ganz empört mit erhobenem Rüssel reagiert er dann:

„Ich höre wohl nicht recht? Du verlangst, dass wir mit dem Fressen aufhören? Du willst, dass wir diesen feinen Weinberg aufgeben und von hier weggehen? Weißt du überhaupt, wovon du da sprichst? Wir sind Rebläuse und müssen deshalb fressen! Wir sind quasi dazu geboren! Deinen dummen Trauben tun wir ja nichts. Wir lassen sie doch in Ruhe und saugen sie auch nicht aus! Über was also beschweren sie sich? Dass wir Pflanzensaft trinken? Aber das tun sie doch auch! Weshalb sollen wir ihnen dazu den Vortritt lassen? Wir sind Läuse und nicht vom Sozialamt, verstehst du? Und höre, Weingeist, was wäre, wenn wir hier aus deinem Weinberg tatsächlich weggingen? Wohin sollten wir uns denn wenden? Nur zu einem anderen Weinberg umziehen? Dort die gleichen Probleme vorfinden? Wieder weggejagt werden? Ist das eine Lösung? Der eine soll verzichten, damit der andere satt und rund werden kann? Willst du das, Weingeist? Sollen wir armen Läuse verhungern, nur weil die Menschen dort draußen Wein trinken wollen? Wein, der für sie purer Genuss ist! Für uns aber ist der Pflanzensaft überlebenswichtig. Auch wir müssen an unsere Kinder und Enkel denken! Hältst du uns Läuse für schlechte Eltern, du Geist des Weines? Hast du schon einmal Kinder weinen hören, weil kein Essen auf dem Tisch steht? Geh, Weingeist, und sage deinen Reben, dass wir nicht verstehen können, dass die Trunksucht der Menschen wichtiger sein soll, als unsere Nahrung, die wir für das Überleben brauchen!"

Mit diesen Worten wendet sich der Chef der Rebläuse wieder seiner Lieblingstätigkeit, dem Fressen, zu. Für einen Augenblick steht der alte Geist des Weinbergs und denkt über das nach, was er da vernehmen musste. Irgendwie hatte der Chef der

Rebläuse mit seiner Verteidigungsrede ja recht. Tief in seine Gedanken versunken, kehrt er zu den wartenden Reben zurück. Dort verkündet er:

„Ihr Trauben! Leider muss ich euch schlechte Nachricht überbringen. Es betrübt und bedrückt mich, euch nicht helfen zu können, aber der Chef der Rebläuse hat bessere Argumente als ihr. Auch die Läuse haben Kinder, und die dürfen unter keinen Umständen hungern. Macht euren Menschen klar, dass es dieses Jahr eben keinen Rheingauer Wein gibt! Sagt ihnen, dass ihre Keller noch gut gefüllt sind und sie erst einmal ihre Vorräte austrinken sollen!"

Mit diesen Worten wendet sich der alte Geist zum Gehen, und die enttäuschten Trauben hören ihn nur noch murmeln, dass er eigentlich am schlechtesten dran sei, weil er eben auch gerne Wein trinke, aber keinen vollen Weinkeller besitze, aus dem heraus er sich bedienen könne.

Trotzdem versucht der Geist des Weinbergs, seinen Trauben ein letztes Mal zu helfen. Obwohl es ihn große Überwindung kostet, ruft er über den Rhein der Fee Morena in Rheinhessen zu:

„Entschuldige, liebe Morena, dass ich so grob zu dir gewesen bin. Natürlich ist euer Wein auch gut!"

Doch die kluge Fee Morena weiß genau, warum der alte Geist jetzt unbedingt einlenken will. Deshalb ruft sie zurück:

„Sprich lauter, Geist des Weinbergs! Ich verstehe dich so schlecht!"

Wohl oder übel fügt sich der alte Geist:

„Dein Wein ist sehr gut, Morena!"

Dann, als sie sich nicht rührt, brüllt er über das Rheintal:

„Dein Wein ist besser als meiner! Aber jetzt rufe deine verdammten Läuse zurück!"

Das aber kann Morena nicht, auch wenn sie es noch so sehr möchte. Wenn Rebläuse einmal da sind, dann gibt es kein Zurück mehr. Deshalb nähert sich alsbald der Schicksalstag. Sollten die Rebläuse weiter so fressen wie bisher und die Trauben keinen Blattsaft mehr trinken können, der sie dick und süß werden lässt, dann gibt es im Herbst keine Traubenlese! So einfach und grausam ist das: Kein Saft! Keine Ernte! Kein goldener Wein! Keine schönen Träume in der Nacht! Die Trauben resignieren und fügen sich in ihr Schicksal.

Weit draußen auf dem fernen Meer langweilt sich der Wind. Er hat es satt, mit seiner Puste die Segel der Schiffe zu blähen, damit sie immer schneller über die Wellen reiten können. Außerdem plagt ihn das Heimweh nach dem Rheingau. Viel lieber würde er jetzt durch die Weinberge jagen, dem einen oder anderen Weinstock die Blätter abreißen oder die prallen Trauben unter den Achseln kitzeln. Also macht er sich auf den Weg zurück.

Gerade noch rechtzeitig, wie es scheint. Und er kommt nicht allein. Mit großer Kraft und wilden Pusteböen treibt er ganze Wolkenmassen vor sich her, die voll mit Regenwasser sind. Ungestüm rasen diese heran und entleeren sich über den geplagten Weinbergen. Es gießt in Strömen, und wo die Regentropfen auf die noch immer gefräßigen Rebläuse treffen, da purzeln diese von den glitschigen Blättern, auf denen sie sich nicht mehr halten können. Blatt für Blatt wird frei von den Rebläusen, und die Weinstöcke können aufatmen. Aus dem regennassen Boden ziehen ihre Wurzeln neue Kraft, und die Reben treiben den nahrhaften Saft bis hoch zu den durstigen Trauben. Ganze zwei Tage wüten Regen und Wind, dann geht der Spuk zu Ende. In vielen kleinen und großen Bächen rauschen die Läuse wie auf einer Rutschbahn hinunter zum Rhein. Vorbei ist die Zeit des Bangens, und als die ersten Sonnenstrahlen wieder durch den grauen Regenhimmel brechen, blicken sie in glückliche Traubengesichter. Zwar fällt die Ernte in diesem Jahr etwas geringer aus, dafür aber ist die Qualität deutlich besser. Auch der alte Weingeist äußert murmelnd seine Zustimmung zu der guten Wende. Mit seiner Freundin, der Fee Morena, trinkt er einen Versöhnungsschoppen, kann es aber nicht so recht lassen:

„Ist mein Rheingauer Wein nicht viel süffiger als …?"

Der Geist im Weinberg

Die Schluessel-
blumenelfen

Schwesterlein komm, tanz mit mir,
Meine Hände reich ich dir!
Willst du mit uns springen,
Den Reigen dreh 'n und singen?
Immer wieder helfen
Wir zarten Elfen
- Himmelskinder!"

Mitten auf einer Wiese im Schüsselbachtal in den verborgenen Orten des Rheingaugebirges, zwischen den Nebelschwaden, die aus dem feuchten Gras aufsteigen, drehen sich die Schlüsselblumenelfen im Tanz. Aber selbst wenn sich der Nebel lichten würde, könnte man diesen Reigen gewiss nicht sehen, denn dafür sind unsere Menschenaugen einfach nicht geschaffen. Dabei sind sie so niedlich anzuschauen, diese zauberhaften Elfen.

Ihre langen, goldenen Haare wehen im Wind, und sie tragen hellgelbe Rüschenkleider und dazu passende Schuhe mit grünen Strümpfen. Wenn sie ihre Reigen tanzen, dann blitzt und funkelt es nur so im hohen Gras, als würden Edelsteine in die Luft geworfen. Nur diejenigen, die ein reines Herz besitzen, wie die Tiere des Waldes und des Feldes, können unsere Schlüsselblumenelfen sehen. Alle anderen Lebewesen gehen meist achtlos daran vorbei.

Gerade kommen die beiden Obergladbacher Schwestern, Maria und Annabell, den schmalen Weg zur Wiese herunter spaziert. Es ist ein freundlicher, warmer Nachmittag im Frühling, und auch die beiden Mädchen tragen zarte, luftige Kleider. Maria, die jüngere der Schwestern, hüpft fröhlich von einem Bein auf das andere, während Annabell missmutig mit ihren Füßen über den Boden schlurft und dabei ständig kleine Staubfontänen aufwirbelt. Sie hat überhaupt keine Lust mit Maria, die sie immer nur „meine hässliche, kleine Schwester" nennt, hier herumzulaufen und ihre Zeit zu vertrödeln. Viel lieber würde sie in ihrem Zimmer vor dem großen Spiegel stehen, sich frisieren, sich schminken, hübsche Kleider anprobieren und sich Kusshände zuwerfen, denn Annabell ist äußerst selbstverliebt und eitel. Ihre angeblich

„hässliche Schwester" Maria ist jedoch das genaue Gegenteil von Annabell. Schon auf den ersten Blick fällt es jedem auf, der die beiden ungleichen Mädchen betrachtet. Maria ist zwar tatsächlich nicht ganz so hübsch wie die ältere Annabell, da sie statt deren heller Haut eine Menge roter und gelber Sommersprossen im Gesicht hat, sodass sie wie ein kleiner Zirkusclown aussieht.

„Schmink dir doch endlich mal diese hässlichen Sommersprossen weg!", pflegt Annabell ihr stets zu raten, doch Maria mag das nicht, antwortet:

„Wenn die liebe Sonne mein Gesicht so gemacht hat, will ich es ihr auch danken!"

Sie verlangt danach, natürlich auszusehen, möchte den Wind auf ihrer Haut spüren und kein dick aufgetragenes Make-up auf ihrem Gesicht. Überhaupt ist Maria ein Kind der Natur, ist stets draußen, selbst bei Regen, Schneegestöber und Hagelsturm. Neben den Tieren des Waldes und des Feldes mag sie auch alle Blumen, darunter ganz besonders die hellen Schlüsselblumen des Frühlings. Wenn sie deren wunderhübsches Gelb erblickt, dann öffnet sich ihr Herz und sie sieht förmlich, wie die Schlüsselblumenelfen ihren Reigen vollführen. Auf diesem Spaziergang mit Annabell hofft sie, eine Wiese zu finden, wo besonders viele von ihnen stehen. Und sie wird nicht enttäuscht, denn kaum sind die beiden Schwestern um die letzte Kurve des Weges gebogen, da liegt eine riesengroße Wiese voll mit hellgelben Schlüsselblumen vor ihnen. Mit leuchtenden Augen kniet Maria gleich mitten in der Wiese, immer darauf bedacht, keines der hübschen Blümchen zu zertreten, und betrachtet fasziniert die gekrausten Schlüsselblütchen.

„Weißt du, Annabell, dass diese Blumen auch Himmelsschlüssel genannt werden? Wenn man mit einer hohen Leiter bis hinauf zum Himmel steigt, kann man damit die Himmelstür aufschließen und in den Himmel hineinspazieren."

Doch Annabell hat keinen Sinn für derlei Kinderkram. Ohne zu überlegen, dass auch diese Blumen kleine Lebewesen sind, reißt sie diese wahllos von ihren Stängeln und wirft sie hernach achtlos wieder weg.

„Annabell hör auf, du tust ihnen weh!"

Aber Annabell schert sich nicht darum, was ihre „hässliche, kleine Schwester" da ruft, und trampelt rücksichtslos über die Wiese, mitten durch die Schlüsselblumen, die nicht fliehen können. Ihre entsetzte Schwester Maria läuft hinter ihr her und sammelt all die abgerissenen Schlüsselblumenkinder ein. Sorgsam verwahrt sie diese dann in ihrer Tasche, während Annabell auf einer Bank am Wiesenrand Platz genommen hat, um sich vor ihrem kleinen Taschenspiegel die roten Lippen nachzuziehen.

„Lass den Quatsch, Maria, und schmeiß doch diese blöden Blumen weg! Komm her, ich werde dir deine hässlichen Sommersprossen mit Puder abdecken! So wie du aussiehst, bekommst du nie im Leben einen Freund und wirst auf ewig dieses hässliche Mauerblümchen bleiben!"

Da Maria sich standhaft weigert, treten die beiden ungleichen Schwestern bald den Heimweg an. Schweigend laufen sie nebeneinander her; Maria hüpft nicht, dazu ist ihr das Herz viel zu schwer vom Kummer über die armen Schlüsselblumen. Sie verzichtet auch auf ihr Abendessen und geht wortlos zu Bett. Zuvor aber versorgt sie die verängstigten Blumen in einer Vase mit frischem Wasser. Dann löscht sie das Licht.

In der Nacht, während Maria schläft, träumt sie von einem Elfenreigen der Schlüsselblumen, in deren Mitte sie auch tanzen darf.

„Schwesterlein komm, tanz mit mir,

Meine Hände reich ich dir!

Willst du mit uns springen,

Den Reigen dreh 'n und singen?

Gerne helfen

Wir zarten Elfen

 - Himmelskinder!"

So tief sind der Schlaf und so fröhlich der Traum, dass sie gar nicht merkt, wie die Schlüsselblumen aus ihrer Vase klettern und sich mit Marias Gesicht und den unschönen Sommersprossen darauf beschäftigen. Eine jede von ihnen legt sich auf eine der Sommersprossen, und aus ihren Blüten sondern sie einen heilenden Saft ab und träufeln diesen ganz vorsichtig und behutsam auf jede einzelne Sommersprosse. Ein Doktor hätte nicht sorgfältiger hantieren können als diese zärtlichen Blumenkinder. Nach getaner Arbeit klettern sie in ihre Vase zurück, und als Maria am nächsten Morgen erwacht, ist scheinbar alles wie sonst auch.

Doch als sie an den Frühstückstisch tritt, an dem bereits ihre Schwester Annabell Platz genommen hat, glaubt diese, ihren Augen nicht zu trauen.

„Wie siehst du denn aus, Maria? Was hast du bloß mit deinem Gesicht gemacht?"

„Nichts! Mit tausend hässlichen Sommersprossen, wie du ja sehen kannst!"

„Willst du mich veräppeln? Na, eben nicht! Deine Sommersprossen sind weg! Einfach weg! Und ich sehe, dass du kein Make-up benutzt, um sie abzudecken! Was hast du gemacht? Wie hast du das geschafft? Verrate mir sofort dein Rezept! Sofort, sofort, sage ich, sonst kratze ich dir die Augen aus!"

Natürlich kann Maria ihr keine Antwort geben, weiß sie doch selbst nicht, wohin ihre Sommersprossen verschwunden sind. Vorsichtig prüft sie vor dem Badezimmerspiegel mit tastenden Fingern ihre Haut. Sauber und glatt, als wäre sie frisch gereinigt. Ungläubig lächelt sie ihrem Spiegelbild zu, während Annabells wütendes Gesicht auftaucht.

Die mehr als neidische Annabell lässt nicht locker. Mit gierigen Adleraugen untersucht sie jetzt jeden Quadratzentimeter auf Marias Haut. An einer Stelle wird sie fündig; eines der hilfreichen Schlüsselblumenkinder ist über seiner Arbeit des Pressens und Träufelns seines heilenden Saftes auf Marias

Stirn und Wangen eingeschlafen und hat den Weg zurück in die Vase nicht mehr nehmen können. Annabell wird sofort misstrauisch.

„Du hast dir Schlüsselblumensaft aufs Gesicht geschmiert, du falsche Hexe! Wolltest schöner sein als ich! Willst mir dein Geheimnis nicht verraten! Hast vor, aus mir eine hässliche, alte Schwester zu machen! Gönnst mir meinen neuen Freund nicht! Hast wohl vor, ihn mir auszuspannen? Du falsche Schlange an meinem Busen! Schäm dich! Wünsch dir sofort deine hässlichen Sommersprossen zurück, sonst kratze ich dir ganz schnell deine so unschuldig dreinblickenden Augen aus!"

Natürlich kann sich Maria nicht mehr selbst hässlich machen. Warum hätte sie das auch tun sollen? Und da die vor Wut und Entrüstung schäumende Annabell dies auch weiß, zögert sie keine Sekunde länger und eilt hinunter in den Wiesengrund, wo die Schlüsselblumenelfen inmitten der dichten Nebelschwaden ihren Reigen vollführen.

„Drehet, Schwestern, euch im Tanz!

Bindet einen Blumenkranz

Schürzt die Röckchen! Schwingt die Beine!

Wendet euch zum Sonnenscheine!"

So vertieft in Tanz und Gesang sind sie, dass sie nicht merken, dass Annabell herangeschlichen kommt. Sie kann die Elfen zwar nicht sehen, hört aber, was diese singen, und weiß, dass sie auf der richtigen Spur ist. Mit wilden Sprüngen stürzt sie sich über die entsetzte Elfenschar und reißt wahllos mit gierigen Fingern so viele der Schlüsselblumen aus, wie sie nur tragen kann.

Kaum ist sie wieder zu Hause angekommen, da wirft Annabell die erbeuteten Schlüsselblumen in einen Topf, nimmt einen dicken Holzlöffel und zerstampft die Blumen zu einem zähen Brei. Das hätte sie besser nicht tun sollen, aber das würde sie bald am eigenen Leib zu spüren bekommen.

Die Paste wird von Annabell dick wie eine Schminkcreme aufgetragen. Nach einer guten Weile sind nur noch die Augen und die Nasenlöcher von ihrem Gesicht übrig. Selbst den Mund hat sie sich verklebt und kann deshalb auch nicht mehr sprechen. Als kurze Zeit später ein heftiges Brennen über das ganze Gesicht einsetzt, glaubt Annabell, dass es jetzt losgehe mit der großen Verwandlung. Um so schön zu werden wie einst Cleopatra im alten Ägypten, ist Annabell willens und bereit, auch den schlimmsten Juckreiz zu ertragen. Und wie es juckt und brennt! Erst steckt sie ihre zu

Fäusten geballten Hände in die weiten Taschen ihrer Hose, um nur ja nicht an ihrem Gesicht kratzen zu müssen. Doch der Juckreiz nimmt keinerlei Rücksicht, die Schlüsselblumensäfte beißen mit spitzen Zähnen in die empfindliche Gesichtshaut. Annabell würde am liebsten laut schreien, aber da sie auch ihren Mund verklebt hat, ist bloß ein jämmerliches Gurgeln zu vernehmen. Immer, immer heftiger wird das Jucken, immer, immer wilder tobt der Schmerz. Annabell krallt ihre Fingernägel in ihre Haare und reißt daran, bis ganze Büschel davon zu Boden fallen. Doch davon geht das Jucken natürlich nicht weg. Mit beiden Armen schlägt Annabell nun so verrückt um sich, dass ihre „hässliche, kleine Schwester", die mit offenem Mund der albernen Schönheitsvorführung gefolgt ist, Mitleid bekommt, rasch einen Eimer Wasser holt und diesen über die nach Luft schnappende Annabell gießt. Mit einem dicken Schwamm rubbelt sie dann den klebrigen Brei von deren Gesicht. Als Maria damit fertig ist, sinkt die vorwitzige Annabell zu Boden und schluchzt hemmungslos. Im Spiegel hat sie ihr Gesicht gesehen, sich aber nicht mehr wiedererkennen können. Pusteln, Pickel, rote Streifen, giftig grüne Flecken, wohin man blickt! Zu allem Überfluss beginnen die Schorfe und Schründe auch noch zu nässen. Das ganze Gesicht ist verschwollen und in hellem Aufruhr. Jetzt weint Annabell, dass ihr Wimmern und Wehklagen den härtesten Stein erweichen würde. Sie weiß nicht mehr, was sie tun soll, liegt da wie ein Häuflein Elend am Boden.

Es gibt nur eine Möglichkeit, den Fluch der Schlüsselblumenelfen für Annabells frevlerische Tat zu brechen. Ihre „hässliche, kleine Schwester" Maria ist klug genug, dies zu erkennen. Und sie weiß, wo und wen sie um Hilfe bitten wird.

Als sie zur großen Wiese kommt, ist der Reigen der Elfen in vollem Schwange. Aus dem Gras steigen Nebelschwaden und dazwischen tanzen und singen die Elfen.

„Wolltest uns die Schwestern rauben

Böses Mädchen ohne Glauben!

Wolltest unsern Reigen stören

Fremde Männer zu betören!

Wolltest Schönheit dir erschleichen

Doch dieselbe musste weichen!

Wolltest, aber konntest nicht!

Sprachen über dich Gericht!"

Maria steht und ist gebannt. Niemals zuvor hat ein menschliches Auge den Tanz der Elfen schauen dürfen. Nur derjenige, der auch eine unschuldige Seele besitzt, wird zugelassen. Als die Elfen Marias Anwesenheit bemerken, halten sie inne in ihrem Reigen und beratschlagen. Ihr Urteil ist einstimmig:

„Komm spiel mit uns, du schönes Kind

Wiege dich im Frühlingswind

Hüpf und spring in unserm Reigen

Über gestern sollst du schweigen

Neue Elfe - sei willkommen

Der Schwester Pickel sind genommen!"

Genau das war es, was Maria in ihrem Traum getan hatte. Mitten in der lustigen Schar der zarten Elfen tanzt sie deren Zaubertanz und erlöst damit ihre klagende, eitle Schwester. Von Maria hat man fortan nie mehr weder etwas gehört noch gesehen. Nur die Nebelschwaden im Wiesengrund wissen, wo sie sich jetzt befindet.

Die Schluesselblumenelfe

Der Kartoffeljunge

Weit hinter Eltville und Kiedrich, dort, wo der Rheingau eigentlich schon endet, befindet sich der Acker eines armen Bauern. Die braun-graue Erde ist hier in Hausen vor der Höhe so wenig fruchtbar, dass er keine Rebstöcke pflanzen könnte, um daraus goldenen Wein zu erzeugen, sondern auf diesen kargen Böden wachsen nur noch Kartoffeln. Aber die gedeihen einfach prächtig und sind zudem äußerst wohlschmeckend.

Der Bauer und seine Frau haben auch einen Sohn, aber wie so oft gerade bei armen Leuten der Fall: Ihr lieber Sohn ist über die Maßen hässlich. Darum wird er von den anderen Kindern nur als „Kartoffelsack" beschimpft. Doch der Bauernjunge glaubt, dass sie ihn so nennen, weil er für seinen Vater eben Kartoffeln verkauft. Dass sein Gesicht der Grund für dieses böse Schimpfwort sein könnte, darauf kommt er nicht, denn er hat es noch niemals im Spiegel erblickt.

Jedes Jahr zur Erntezeit im Herbst muss Gustav seinen Eltern helfen. Während Vater und Mutter auf dem Feld die Kartoffeln lesen, zieht er mit seinem vollbeladenen Wägelchen und dem treuen Esel Ferdinand hinunter nach Kiedrich und Eltville am Rhein, um dort seine Kartoffeln zu verkaufen. Wenn er durch den Ort zieht und lauthals seine Kartoffeln zum Kauf anpreist, scharen sich die hübschen Mädchen um Gustav und den braven Esel Ferdinand herum und beginnen ihren Spottgesang. Ein kleines Mädchen ist die Anführerin, treibt es am Schlimmsten. Sie singt vor, und die anderen antworten ihr:

„Fort, nur fort, Kartoffelsack!

Bist ein übles Lumpenpack!"

„Warum, warum, er ist doch schön

Und wahrlich niedlich anzuseh'n?"

Das kleine Mädchen fragt zurück:

„Ist er denn wirklich wunderschön?

Habt ihr ihn euch gut angeseh'n?"

Und der ganze Chor antwortet:

„Nein, nein, er ist ganz furchtbar hässlich,

Sein Äußeres ist einfach grässlich!"

Wann immer Gustav kommt, lauern sie ihm auf, bilden eine enge Gasse, durch die er mit seinem Esel und dem Wägelchen ziehen muss, und singen:

„Kartoffelsack, du schöner Mann,

Kein Esel reicht an dich heran!

Von den Ohren bis zum Schädel

Graust sich jedes hübsche Mädel!"

Dazu kreischen sie vor Vergnügen und lachen laut und schrill. Gustav tut so, als würde ihm das gar nichts ausmachen, aber es schmerzt ihn doch sehr, so verspottet zu werden. Doch es bleibt nicht bei dieser einen Strophe. Meist folgt noch eine weitere. Wieder singt das kleine Mädchen vor:

„Hände weg, Kartoffelsack!

Wir spielen nicht mit solchem Pack!.

Du bist nicht nett, die Nas' zu dick!

Ein furchtbar dummes Missgeschick!"

Doch dann, wenn die letzte Strophe dieses Spott-
liedes erklingt, ist Gustav froh, endlich mit Esel
und Wägelchen das Weite suchen zu können.

„Geh doch, geh, Kartoffelsack!"

Weh, oh weh, Kartoffelsack!

Weg, nur weg, Kartoffelsack!

Scher dich fort zu deinem Pack!"

Obwohl er schon längst wieder die Stadt verlassen
hat, hört er noch den Schmähgesang der schönen
Mädchen. Er begreift einfach nicht, warum sie gerade ihm das antun. Doch gleich wird er sein eigenes Spiegelbild zum ersten Mal sehen und dann
wird er auch verstehen!

Auf seinem Weg nach Hause fährt er an einem na-
hegelegenen Waldsee vorbei. Da heute ein heißer
Tag ist und seinem Esel Ferdinand vor lauter
Durst die Zunge aus dem Maul hängt, beschließt
er, den kleinen Umweg zu machen und Ferdinand
dort zu tränken. Während er wartet, bemerkt Gustav freilich nicht, dass ihn ein heimliches Augen-
paar genauestens mustert. Als der Esel fertig ist,
will Gustav auch etwas trinken und hält sein Ge-

sicht dicht über die reglose Wasserfläche. Seine Augen werden vor Schreck groß und rund, als ihm klar wird, wie er wirklich aussieht. Seine Gesichtshaut ist ledrig und braun, sein Mund viel zu breit und unter seinen Lippen bilden sich etliche Runzeln. Am schlimmsten jedoch ist seine Nase: dick und groß und voll kleiner Warzen, als hätte eine alte Kartoffel zu keimen begonnen. Leise murmelt er zu seinem Spiegelbild herunter:

„Diese Mädchen haben ja recht, wenn sie mich auslachen! Sie sind so hübsch, und ich bin so hässlich! So grässlich hässlich, wie sie singen! Selbst mein alter Ferdinand mit seinen langen Ohren ist tausendmal schöner noch als ich! Niemals wieder werde ich zu diesen Mädchen hingehen! Oh, wie schäme ich mich! Mein Papa muss in Zukunft seine Kartoffeln selbst verkaufen!"

Dann bläst er mit aller Kraft ins Wasser, dass sein Spiegelbild verwackelt, und setzt sich ins Gras und weint gar bitterlich. Plötzlich ertönt eine Stimme dicht neben ihm:

„Warum weinst du, mein guter Junge? Was macht dir denn das Herz so schwer?"

Als er sich verwundert umwendet, erblickt er eine dieser seltenen Waldfeen, von denen er schon oft gehört, an die er aber niemals geglaubt hat. Sie ist in ein langes Gewand aus moosgrüner Seide gekleidet, auf welchem unzählige Monde und Sterne glänzen und glitzern. In der Hand hält sie einen Stab aus schwarzem Ebenholz. Ihr Haar ist zu einem Zopf geflochten, der von einer goldschimmernden Spange gehalten wird. Sofort fasst Gustav Vertrauen zu dieser fremden Frau.

Schluchzend berichtet er von seinen armen Eltern und seiner Aufgabe, die geernteten Kartoffeln in Kiedrich und Eltville verkaufen zu müssen. Er helfe ja gerne seinen lieben Eltern, aber diese Hänseleien, denen er dort ausgesetzt sei, würden ihn doch sehr schmerzen. Doch jetzt habe er im Wasserspiegel selbst gesehen, wie hässlich er sei!

Die Fee ist empört:

„Wie können sie so etwas Gemeines sagen? Wie können sie so etwas Böses tun? Ich werde zu ihnen gehen und sie zur Rede stellen! Bleib du einstweilen hier sitzen, bis ich zurückkomme! Ich bin gleich wieder da!"

Doch es dauert schon sehr viel länger, denn Feen können zwar zaubern, aber offensichtlich keine Uhr lesen. Vor lauter Kummer ist der Kartoffeljunge eingeschlafen. Als die Fee ihn dort auf dem

Moosboden liegend findet, lächelt sie und berührt mit ihrem Stab seine Stirn, um ihm schöne Träume zu bescheren. Gustav sieht sich darin als ein von allen geliebter Prinz, der seine schöne, junge Braut über die Schwelle seines Schlosses trägt. Nur seltsam, dass er das Gesicht dieser Braut nicht erkennen kann. Bei seinem Erwachen ist die Fee wieder verschwunden, und ihm ist seltsam schwindelig im Kopf, als hätte er zu viel Wein getrunken. Rasch nun, weil die Zeit drängt, zieht er von dannen. Zu Hause angekommen, berichtet er seiner Mutter von der Begegnung mit der Zauberfee und seinem Traum. Überraschenderweise aber zeigt sich die Mutter sehr besorgt, wischt sich sogar heimlich ein paar Tränen aus den Augen. Warum nur?

Da jetzt Erntezeit ist, muss Gustav mit Ferdinand und seinem Wägelchen nun fast täglich den langen Weg nach Kiedrich und Eltville machen, um dort seine Kartoffeln zu verkaufen. Als er durch die Gassen zieht und laut rufend seine Ware anpreist, fällt ihm auf, wie seltsam still es ist. Keines der Mädchen lässt sich blicken, kein Spottgesang ist zu vernehmen. Im Gegenteil! Wo er auftaucht, da huschen Gestalten eiligst weg, als fürchteten sie, von ihm gesehen zu werden. Doch er vermag noch zu erkennen, dass es die Mädchen sind, die ihn so oft und gerne verspotteten. Er bemerkt, dass die eine jetzt eine rote Knollennase hat, eine andere von ihnen eine blaue Warze auf der Stirn trägt. Dann erblickt er das gehässige kleine Mädchen. Ach, wie schaut diese denn aus! Grüne, wulstige Lippen wie ein Frosch, die bis zu den nun ebenfalls grünen Ohren reichen! Dazu noch dicke Pusteln über das ganze Gesicht verteilt! Wie ein missratener Streuselkuchen! Alle Mädchen hat es schlimm erwischt. Doch Gustav empfindet keine Schadenfreude, sondern nur großes Bedauern und Mitleid mit ihnen.

Natürlich hat da die Zauberfee ihre Hand im Spiel. An jenem Abend, als sie zu der Gruppe der singenden Mädchen eilt, während der Kartoffeljunge schläft, zeigen sich die Mädchen uneinsichtig. Statt auf die Warnungen der Fee zu hören, beginnen sie sogar, diese selbst zu verspotten. Wieder ist das kleine Mädchen die Anführerin. Am lautesten singt und lacht und treibt es am ärgsten:

„Fort mit dir, du falsche Fee!

Küss doch den Kartoffelsack!

Heirat ihn und tu ihm weh!

Gehörst mit ihm zum selben Pack!"

Das aber hätten sie besser nicht gesungen, da sind sie nun an die wirklich Falsche geraten! Mit ihrem Zauberstab teilt die Fee hierhin und dorthin heftige Schläge aus, dass den kreischenden Mädchen das Singen gründlich vergeht. Wo auch immer die Hiebe hintreffen, hinterlassen sie schreckliche Spuren in den entsetzten Gesichtern der Mädchen.

Ganz in Gedanken versunken, zieht Gustav mit seinem Esel und dem Wägelchen traurig zurück nach Hause. Unterwegs will er eine Rast am Weiher einlegen, weil er hofft, dass die Zauberfee auftaucht und er sie bitten will, die Mädchen wieder hübsch zu machen. Als Gustav das Wägelchen auf den Weg abbiegen lässt, der zum Waldsee führt, bleibt der sonst so brave Ferdinand stehen und will einfach nicht mehr weiter. So sehr ihm Gustav auch zuredet, der Esel verharrt störrisch. Es scheint, als würde er diesen Ort meiden wollen. Gustav hat gar keine andere Wahl, als den bockigen Ferdinand samt Wägelchen an einen Baum zu binden und zu Fuß weiter zu gehen. Tatsächlich erscheint auch gleich die Fee und lauscht seiner Bitte. Sie versteht schnell, dass Gustav in das kleine Mädchen verliebt ist, lässt sich aber nichts anmerken. Die Fee verspricht, die Mädchen wieder zu entzaubern, und fordert ihn auf, ein wenig zu ruhen:

„Schlafe hier eine kleine Weile, ich bin gleich zurück!"

Schnell schläft der Kartoffeljunge ein, und wieder ist er der geliebte Prinz, der seine schöne, junge Braut über die Schwelle seines Schlosses trägt. Dieses Mal freilich sieht und erkennt er sie: Es ist die Zauberfee, die er in seinen Armen hält! Sie dagegen schlingt ihre eigenen so um seinen Hals, als wollte sie ihn damit erwürgen. Erschreckt fährt er hoch, aber da ist nur der Kopf seines treuen Esels Ferdinand, der sich aus seiner Leine befreit hat und ihm jetzt mit seiner feuchten Zunge über das Gesicht leckt.

„Was tust du da, Ferdinand? Was willst du mir sagen, alter Freund?"

Da Esel aber nicht sprechen können, antwortet Ferdinand auf seine eigene Weise und schüttelt den Kopf.

„Du meinst, die Zauberfee will mich heiraten und ich soll das nicht tun?"

Ferdinand lässt ein lautes Ia, Ia, Ia ertönen, wird aber durch die Rückkehr der Zauberfee daran gehindert, sich weiter um den völlig überraschten Gustav zu kümmern. Die Fee erklärt ihm kurzerhand, dass sie für das kleine Mädchen nichts habe tun können, weil es einfach zu böse sei und ihr Angebot, es zu entzaubern, abgelehnt habe. Dabei lächelt sie und reibt an ihrem Zauberstab. Ihre Augen glitzern verräterisch. Nun begreift der Kartoffeljunge, dass die Fee gelogen hat und wer sie in Wahrheit ist. Er erinnert sich auch an die Tränen seiner guten Mutter, die ihm hätten Warnung sein sollen.

Als die Fee Gustav umarmen will, reißt er sich los und fordert sie auf:

„Zeig mir dein wahres Gesicht, sonst kriegst du mich nicht!"

Doch die Fee beschwört ihn:

„Zwinge mich nicht, sonst bist du auf immer verloren. Wenn du aber mein wirst, dann werde ich dich schöner als die Sonne, silbriger als den Mond und leuchtender als die Sterne machen. Nimm mich in deine Arme und trage mich über die Schwelle unseres Schlosses, so wie du es bereits in deinen Träumen tatest! Reich werde ich auch deine Eltern belohnen und all ihre armseligen Kartoffeln zu puren Goldklumpen werden lassen! Bitte sei mein!"

Doch Gustav bleibt fest, und der Zauberstab der angeblich guten Fee verwandelt sich in einen knotigen Hexenstab. Sie muss vor Gustavs Standhaftigkeit weichen. Aus dem langen Kleid aus moosgrüner Seide ist ein vielfach geflickter, buntkarierter Kittel geworden. In einer nach Pech und Schwefel stinkenden Rauchwolke zeigt sie ihre wahre Gestalt. Unter höhnischem Gelächter humpelt die alte Hexe, auf ihren Knotenstock gestützt, davon. Gustav vernimmt noch ihr Schmählied:

„Geh doch, geh, Kartoffelsack!"

Weh, oh weh, Kartoffelsack!

Weg, nur weg, Kartoffelsack!

Scher dich fort zu deinem Pack!"

Kaum nimmt Gustav sich Zeit, jagt mit Esel und Wägelchen nach Hause. Seine besorgte Mutter wischt sich die Freudentränen aus den Augen, da sie jetzt weiß, dass ihr armer Junge doch noch sein Glück finden kann..

Der aber ist schon längst, als hätte er Flügel, hinunter nach Eltville geeilt, wo er durch die Gassen rennt, um das kleine Mädchen zu finden. Nur durch Zufall sieht er sie am Brunnen stehen und traurig ihr entstelltes Gesicht im Wasserspiegel betrachten. Als sie ihn neben sich stehend gewahrt, will sie fliehen, doch er nimmt sie in seine Arme und singt:

„Aus, vorbei Kartoffelsack!

Liebe half mir, dich zu finden!

Niemals mehr ein Lumpenpack!

Lass den Brautkranz dir jetzt winden!"

Dann berichtet er ihr, wie er sich geweigert habe, das Angebot der falschen Fee anzunehmen. Und das Mädchen erzählt ihm, wie diese böse Hexe sie verzaubert und dazu gezwungen habe, ihn so schlimm zu ärgern, dass er sie, die Hexe, zur Frau nehmen sollte. Dann weinen sie gemeinsam über das große Glück, dem bösen Zauber entkommen zu sein.

Und mit jedem Kuss, den er ihr gibt, verschwindet eine der ekligen Pusteln nach der anderen, werden die wulstigen, grünen Froschlippen rot und weich, und am Ende sind auch die Ohren nicht mehr grün und unansehnlich, sondern hell und klein wie bei einer lustigen Maus.

Der Kartoffeljunge

Der Wispertaler

Seit dem Tode ihrer Eltern leben die drei Brüder Jakob, Jonas und Jockele gemeinsam in einer alten Mühle tief unten im Wispertal. Jakob ist ein mürrischer Bursche, der am liebsten für sich alleine ist. Nach getaner Arbeit greift er dann gerne zur Flasche, aber verträgt nicht viel und wird durch den Genuss von Alkohol noch unleidlicher als sonst. Am besten geht man ihm dann aus dem Weg.

Jonas, der Zweitälteste der Brüder, drückt sich vor der Arbeit, wann immer es geht. Das aber kann er richtig gut, denn er ist sehr intelligent. Da Jakob meist außer Haus arbeitet, schafft Jonas es eigentlich immer, seinen kleinen Bruder Jockele dazu zu bringen, für ihn die Arbeiten zu verrichten, die ihm Jakob, der Älteste, aufgetragen hat. Während Jockele schuftet, verschläft Jonas den lieben, langen Tag schnarchend in seinem Bett aus Heu.

Jockele ist eine gute Seele. Ob er nun den Boden in der Wohnstube schrubbt, die Fenster putzt, die Wäsche bügelt oder vor dem Herd im Kochtopf rührt, immer hat er ein fröhliches Lied auf den Lippen. Dann kommen die Vögel ans offene Küchenfenster geflogen, und gemeinsam singen sie dann im Chor, dass es selbst dem verstocktesten Menschen das Herz öffnen müsste.

„Ach, wie liebe ich das Leben!

Oh, dann öffnet sich mein Herz!

Alles würd' ich dafür geben:

Angst und Kummer, Weh und Schmerz!"

Eines Tages, als Jockele ausnahmsweise einmal eine Pause in seinen Arbeiten einlegt, während Bruder Jonas wie immer faul herumliegt, geht er zum Bach hinunter, um nach den munteren Forellen zu schauen. Doch wie überrascht ist er, als er im Bachbett der Wisper etwas Sonderbares blinken sieht. Rasch schiebt er die Steine beiseite und dort zwischen ihnen liegt ein Taler, so blank und glänzend, dass man glauben könnte, er wäre direkt aus der lieben Himmelssonne in das kristallklare Wasser der Wisper gefallen. Ganz, ganz vorsichtig zieht Jockele ihn zwischen den dicken Kieselsteinen hervor, wischt ihn mit seinem Taschentuch trocken und betrachtet ihn ehrfurchtsvoll.

„Du bist ein solch schöner Taler, wie ich keinen bisher gesehen habe", lobt der Junge den Taler. Diesem scheint das zu gefallen, denn er fängt freundlich an zu blinken, als wollte er sich für das Kompliment bedanken.

„Darf ich dich behalten und mit nach Hause nehmen, lieber Taler?", fragt der Junge schüchtern. Gleich blinkt der Taler erneut sein Einverständnis, und der Junge wickelt seinen hübschen Taler sehr sorgfältig in sein Taschentuch und steckt ihn dann in seine Hosentasche. Aus Angst, dass er seinen kostbaren Fund verlieren könnte, denn die Taschen seiner alten Hose haben allesamt Löcher, hält er ihn dort krampfhaft in seiner geschlossenen Faust.

Als er nach Hause kommt, zeigt er seinem ältesten Bruder Jakob, was er da im Bachbett der Wisper Überraschendes gefunden hat. Doch ehe sich Jockele versieht, hat ihm der grobe Jakob auch schon den Taler aus der Hand gerissen und eingesteckt. Als Jockele anfängt zu weinen und seinen Taler wiederhaben will, spottet Jakob mit einem gemeinen Grinsen:

„Was willst du, kleiner Bruder, mit diesem dummen Taler denn machen? Nichts kannst du damit anfangen! Ich aber weiß genau, wofür er mir nützlich sein dürfte. Ich werde sogleich ins Wirtshaus gehen und mir Bier und Branntwein dafür kaufen!"

Als Jockele jammert und fleht, dass der Taler doch ihm gehöre und sein Bruder ihn zurückgeben solle, da wird Jakob richtig zornig und schubst seinen kleinen Bruder einfach zur Seite.

„Geh mir aus dem Weg, sonst setzt es ordentlich Prügel! Dieser Taler ist nun mein, und wenn ich damit die ganze Nacht saufen und zechen kann, dann soll es mir recht sein, wenn der Wirt ihn am Morgen als Bezahlung nimmt." Dann lacht er noch einmal ziemlich gemein und singt noch höhnisch, bevor er geht: „Taler, Taler, du musst wandern! Trallala! Wofür sind sonst dumme Taler da? Trallalala!"

Sein kleiner Bruder Jockele aber weint die ganze Nacht, weil ihm sein schöner, blanker Taler gestohlen ward. Kurz vor Sonnenaufgang hört er dann seinen Bruder Jakob, der völlig betrunken nach Hause zurückkehrt. Mit lautem Gepolter fällt und stolpert er die alte Holztreppe hoch, die zu seiner Schlafkammer führt.

Als die Sonne am Mittag wieder am blauen Himmel lacht, sitzt Jockele traurig am Rand der Wisper und schaut dem Wasser zu, wie es in kecken Sprüngen über die dicken Kieselsteine hüpft. Obwohl es sonst so viel Spaß macht, den lustigen Wellen bei ihrem Spiel zuzusehen, wird dem Jockele das Herz immer schwerer und er beginnt, jämmerlich zu weinen. Bald fließt sogar ein kleiner Bach von Tränen aus seinen Augen direkt in das klare Wasser der Wisper.

Doch halt und Obacht! Da sieht er unter Schniefen und Schneuzen in sein Taschentuch etwas Goldenes zwischen den grauen Kieselsteinen schimmern. Flugs ist er auf seinen Beinen, zieht Schuhe und Strümpfe aus, watet ins Wasser und balanciert vorsichtig über die klitschigen Kiesel, um nicht auszurutschen. Dann ist er an der Stelle, wo es blitzt, und er bückt sich, wühlt mit seinen Fingern ein bisschen im flachen Bachbett und hält gleich darauf erneut einen blanken Taler in seiner Hand. Kaum hat ihn Jockele begutachtet, als der Taler anfängt zu sprechen:

„Erkennst du mich nicht, Jockele? Ich bin wieder da! Dein versoffener Bruder hat mich zwar weggegeben, aber der Wirt hat mich nicht halten können, denn ich bin doch kein gewöhnlicher Taler. Nein, nein!" Er schüttelt sich. „Kein dummer, dummer Taler, den man so mir nichts, dir nichts, gegen Bier und Branntwein eintauschen kann! Nein, nein, mein Freund, ich bin ein Zaubertaler, und das werde ich dir bald beweisen!"

Jockele kann sein Glück kaum fassen; sein Herz klopft wie wild in seiner Brust. Mit seinem Taschentuch will er den wiedergefundenen Taler trocken reiben, merkt aber nicht in seiner Freude, dass sein Taschentuch ja noch klitschklatschnass von seinen Tränen ist. Dem Taler scheint das gar nichts auszumachen, denn er lacht in der warmen Mittagssonne, dass es nur so blitzt und funkelt. Dieses Mal wagt es Jockele nicht, ihn in seine löchrige Hosentasche zu stecken, sondern hält ihn sicherheitshalber fest umklammert in seiner Hand.

Als er nach Hause kommt, ist sein zweitältester Bruder Jonas gerade aus seinem Bett aufgestanden. Jockele will schnell an ihm vorübereilen, aber Jonas versperrt ihm den Weg.

„Was hast du denn da in deiner Hand, kleiner Bruder? Mir scheint, du willst etwas vor mir verstecken? So etwas gehört sich aber nicht, denn jüngere Brüder dürfen keine Geheimnisse vor ihren älteren und schlaueren Brüdern haben! Hast du das denn vergessen?"

Mit diesen Worten wechselt Jonas von seiner scheinbaren Freundlichkeit zu einer brutalen Forderung, der Jockele nichts entgegenzusetzen hat:

„Gib her!"

Widerwillig nur händigt ihm Jockele nun seinen blanken Wispertaler aus. Jonas lacht triumphierend:

„Ja, wen haben wir denn da? Ein Goldstück, nicht wahr? Ein nigelnagelneues Talerchen, das jetzt dem lieben Jonas gehört. Merk dir das, du dummer, dummer Taler! Der liebe Jonas ist ab sofort dein Herr! Und du, kleiner, dummer Taler, wirst ihm dienen und gehorchen und fortan alles tun, was dein Herr von dir verlangt! Hörst du? Alles! Alles! Alles! Keine Widerrede, keine Widerworte! Kein Auweh und kein Vielleicht! Kein Ichweißnicht, kein Vergissmich! Kein Verweilen, kein Verschnaufen! Wandern musst du, Talerchen! Wandern, bis die Füße schmerzen! Trallala! Mit dem lieben Jonas wandern, bis die Füße nicht mehr können! Trallalala! "

Jockele, der dies alles mit anhören muss, bricht es fast das Herz. Nicht etwa, weil er seinen Taler hergeben musste, sondern weil er diesen in eine solch schwierige Lage gebracht hat. Dabei macht er sich die größten Vorwürfe, hätte ihn doch besser im Bachlauf der Wisper gelassen, als ihn seinem bösen Bruder Jonas auszuliefern. Anders als der versoffene Bruder Jakob ist Jonas schlau und gerissen. Gerade weil Jonas so stinkfaul ist, gelingt es ihm immer wieder, die anderen für sich arbeiten zu lassen. Genauso würde es dem armen Taler ergehen, Jonas wird ihn in Ketten legen und versklaven. Er hat ja schon damit gedroht, dass der Taler „wandern" müsse. Was Jonas darunter versteht, ist sonnenklar. Der Taler wird wie ein Hund für Jonas schuften: Schuhe putzen, Hosen waschen, Hemden bügeln und das Allerallerschlimmste – für den bösen Jonas die Hausaufgaben machen müssen! Ja, richtig gehört, der Taler wird stundenlang über Jonas' Schulbüchern sitzen und schwitzen, während sein fauler Chef auf dem Bette liegt und döst. Der arme Taler wird rechnen müssen, bis ihm der Kopf vor lauter Zahlen brummt, während sein fauler Herr seelenruhig schläft. Und er muss Aufsätze entwickeln und Diktate korrigieren, Gedichte auswendig lernen und Strafarbeiten schreiben, während sein fauler Meister schnarcht, dass sich die Balken biegen.

Aber selbst all diese Mühe und Plage wird dem herzlosen Jonas nicht reichen. Er wird den Taler an seine Schulkameraden verleihen, damit er noch deren Hausaufgaben erledigen muss. Gegen Geld natürlich und keineswegs aus Menschenfreundlichkeit. Tagaus, tagein schuftet der Taler. Anfangs klappt es auch ganz prima, und Jonas kann sich gar nicht mehr retten, so viele seiner Mitschüler wollen die Dienste des Talers in Anspruch nehmen. Jonas scheffelt Geld, und der arme Taler wandert tatsächlich von Hand zu Hand, von Schultasche zu Schultasche, ohne selbst etwas dafür zu bekommen. Doch irgendwann ist das Maß voll; der Taler, der einst so blank und frisch in der Sonne leuchtete, ist jetzt nur noch ein Schatten seiner selbst. Alt und krank sieht er aus, sein Glanz dahin. Matt und total erschöpft von der vielen Arbeit fängt er an, Fehler zu machen. Die Hausaufgabenhefte sind jetzt voll davon, und die Noten, die die Lehrer darauf geben, werden immer schlechter. Das ärgert die Schüler, die ja gutes Geld dafür bezahlt haben, und sie packen den faulen, schlauen Jonas und werfen ihn mitsamt seinem Taler in hohem Bogen in das Bachbett der Wisper. Triefend vor Nässe rettet sich Jonas ans Ufer, doch der Taler ist jetzt weg. Nur Jockele kennt die Stelle, wo er liegt, aber er lässt ihn dort aus Angst, einer seiner Brüder könnte ihn wieder wegnehmen.

Nun begab es sich, dass in Rüdesheim am Rhein ein finster dreinblickender Mann mit einem Wägelchen auftrat, das von einem schwarzen Rösslein gezogen ward. Auf dem Wägelchen befindet sich ein goldener Käfig, in welchem ein wunderwunderschönes Mädchen gefangen sitzt. An der Gittertür des goldenen Käfigs hängt ein schweres, eisernes Schloss. Statt eines Schlüssellochs ist dort aber nur ein tiefer, breiter Schlitz in dem Metall. Der finstere Mann läutet mit einer Glocke und brüllt:

„Ho, Ho, Ho! Herbei, ihr Leut'! Herbei, herbei! Wer sucht und packt sein Glück? Steck ein dein Geld und erhalt eine Prinzessin zurück! Wer die rechte Münze wirft, gewinnt ein Königreich dazu! Ho, Ho, Ho! Herbei, ihr Leut'! Wer wagt das Spiel?"

Natürlich will ein jeder die Prinzessin und das Königreich und wirft allerlei Münzen in den Schlitz: Euro, Dollar, Lira, Drachme, Gulden, Zloty. Aber das Schloss zur Tür der schönen Maid will sich nicht öffnen. Auch Jockele steht und staunt, sieht, dass die kleine Prinzessin vor Kummer und Gram viel weinen muss, weil keiner sie aus der Gewalt des finsteren Mannes zu erlösen vermag. Jockele würde ihr so gerne helfen. Da besinnt er sich des Zaubertalers in der Wisper, zögert keine Minute lang, eilt geschwind nach Hause, hinunter zur Wisper und holt seinen blanken Taler ein letztes Mal aus dem Wasser. Er will probieren, ob der genau in den Schlitz des Schlosses zur schönen Prinzessin passt.

„Liebes güldnes Talerlein,

Folge mir nach Rüdesheim,

Rein ins Schloss und eins, zwei, drei,

Lass mir die Prinzessin frei!"

Doch zu spät! Als er wieder zurück auf dem Marktplatz von Rüdesheim ist, da sind der finstere Mann, das schwarze Rösslein mit dem Wägelchen und der goldene Käfig mit der wunderwunderschönen Prinzessin schon längst wieder weitergezogen. Mit seinem Taler trottet Jockele traurig den Weg zurück nach Hause. Aber der Taler in seiner Hand ist unruhig, leitet ihn weiter. Als er die Stadt Lorch am Rhein erreicht, hört Jockele zu seiner großen Freude von Weitem schon eine Menschenmenge brüllen, die um das Wägelchen steht und Münze um Münze in den Schlitz wirft, ohne dass sich die Tür zu dem goldenen Käfig öffnet. Nachdem alle ihr Geld ausgegeben haben, da nähert sich schüchtern Jockele. Der finstere Mann steht zufrieden neben seinem Wägelchen. Er ist sich sicher, dass keine der Münzen in das Zauberschloss passt. Er lacht, als er den Jockele sieht:

„Ho, Ho, Ho! Herbei, kleiner Mann! Herbei, herbei! Such und pack dein Glück! Steck ein dein Geld und erhalt die Prinzessin zurück! Wer die rechte Münze wirft, ein Königreich gewinnt dazu! Ho, Ho, Ho! Herbei nur, herbei, kleiner Mann! Wag dein Spiel und küss die Braut!"

Flugs tut Jockele, wie ihm geheißen. Kaum aber ist sein blanker Taler im Schlitz verschwunden, da ist ein sanftes Wispern zu vernehmen, als würde da ein geheimer Zauberspruch geraunt.

„Taler, Taler öffne ihr

Diese goldne Tür zu mir!"

Daraufhin ertönt ein helles Klingen und Singen, weit auf schwingt die Tür des goldenen Käfigs und heraus tritt die schöne Prinzessin, ihre Augen sind feucht vor Glück und Freude.

„Schaut nur schaut ihr Lorcher Leute,

Welch ein Glück erlebt ihr heute,

Der böse Zauber ist vorbei,

Die Prinzessin ist nun frei."

Doch nicht nur sie, auch der finstere Mann ist jetzt in ihren Vater, den König, zurückverwandelt. Ein böser Zauber hatte ihn gleichfalls gebannt. Als der Vater die Hand seiner Tochter in Jockeles Hand legt und dieser die wunderwunderschöne Prinzessin zum allerersten Mal in seine Arme schließt und küsst, jubelt die Menschenmenge. Die Leute werfen ihre Hüte in die Luft und lassen das junge Paar hochleben. Zum Dank regnet es jetzt aus dem Himmel lauter Euro, Dollar, Lira, Drachmen, Gulden und Zloty, sodass sich ein jeder die Taschen damit vollstopfen kann. Der blanke Wispertaler aber liegt wieder versteckt in seinem Bachbett und wartet darauf, von dir gefunden zu werden.

Der Wispertaler

Die Kiedricher Kirchenmaeuse

Wie staunen da die Besucher der Pfarrkirche Sankt Valentinus und Dionysius in Kiedrich, als sie an der mächtigen Eichentür einen Zettel erblicken, auf dem mit vielen Rechtschreibfehlern Folgendes zu lesen ist:

Wägen Renofierung geslosen!

Das ist neu für die Besucher, das wussten sie vorher nicht, denn sonst wären sie gar nicht erst hierher in den schönen Rheingau gefahren. Aber ihr zahlreiches Kommen ist genau der Grund dafür, warum dieser seltsame Zettel hier angeheftet hängt. Valentinus, der fromme Mäuserich, der hier in der Kirche wohnt, hat ihn geschrieben, weil er sich darüber ordentlich ärgert, dass die Besucher seiner Kirche nicht etwa zum Beten kommen, sondern laut sprechend und polternd hereindrängen,

Fotos machen und, ohne sich zu bekreuzigen, einfach wieder gehen. Valentinus ist ein Mäuserich, der auf Ordnung und Respekt achtet und seine Kirche hütet wie seinen Augapfel.

Doch das von ihm mit zitternden Barthaaren geschriebene Schild an der Tür hält die fremden Besucher nicht davon ab, trotzdem frech in die Kirche einzutreten, um dort, ohne jedes Gefühl für den würdevollen Ort, mit ihren Handys herumzufummeln und mit den Kameras zu blitzen, als ob fünf Gewitter gleichzeitig tobten. Valentinus ist erbost:

„Können diese Trampeltiere denn nicht lesen? Wissen sie nicht, wie man sich in einer frommen Kirche zu verhalten hat? Offenbar nicht! Da müssen wir rabiater werden, meine Brüder!"

Gesagt, getan! Erst als Valentinus mit seinen beiden Freunden, Aegidius und Melanchthon, die Tür von innen verriegelt haben, hört das unchristliche Gepolter und Rumoren der Besucher auf. Für die drei Mäuse hatte es allerdings harte Arbeit bedeutet, den schweren Eisenschlüssel so zu drehen, dass er die Tür versperrt. Unzählige Male mussten sie, sich an den Händen haltend, auf dem Schlüsselgriff auf- und ab hopsen, bis er sich endlich in die gewünschte Richtung gedreht hat. Hinterher mussten sie sich lange ausruhen, weil sie wirklich sehr erschöpft waren. Während Valentinus, mit sich und seinem wunderbaren Einfall zufrieden, jetzt an einer Käserinde knabbert, piepst sein kluger Freund Melanchthon mit hoher Stimme eine Bemerkung, die den armen Valentinus doch sehr trifft:

„Du hattest eine sehr gute Idee, Freund Valentinus. Mit vereinten Kräften haben wir es dann geschafft, diesen Schlüssel so in seinem Schloss zu drehen, dass er die Tür fest verschließt und die grölende Meute der Besucher aus unserer Kirche fernhält, nicht wahr?"

Valentinus ist geschmeichelt, nickt aber nur, weil er mit vollem Munde nicht gut sprechen kann, und auch Freund Aegidius klatscht beifällig mit seinen Pfoten.

„Seit Gründung der Basilika

Sind wir drei Kirchenmäuse da!

Getreuen Gläubigen wir nützen.

St Valentins Gebein beschützen!

Touristen haben uns verdrossen.

Die Kirche ist nun abgeschlossen!"

Melanchthon fährt nachdenklich fort:

„Aber sage mir, Freund Valentinus, was passiert, falls ein frommer Mensch in unsere Kirche kommen will, um dort zu beten? Wenn die Tür abgeschlossen ist, kann er nicht herein! Wird das unserem strengen Pfarrer gefallen?"

Ups! Diese Bemerkung Melanchthons trifft ins Schwarze! Freund Valentinus verschluckt sich an seiner Käserinde, und Freund Aegidius muss ihm mehrmals kräftig auf sein Rückenfell klopfen, bevor er den Käsebrocken hustend wieder los wird. Mit fast erstickter Stimme fiept Valentinus:

„Bei all meinen Mausevorfahren! Das habe ich nicht bedacht! Wenn wir die grölenden Besuchermassen ausschließen, dann lassen wir auch keine frommen Menschen herein, die zu ihrem Gott in unsere liebe Kirche kommen wollen. Herrje, dass ich daran nicht gedacht habe! Das darf der Pfarrer niemals erfahren! Los, los, meine Freunde, wir müssen den Schlüssel wieder zurückdrehen und die Türe öffnen!"

Leicht gesagt, doch nichts passiert! Denn so sehr die drei Mäuse hopsen, so hoch sie auch springen mögen, so wild sie am Griff zerren und reißen, der Schlüssel will sich keinen Millimeter drehen. Erschöpft lassen die Freunde von ihrer erfolglosen Tätigkeit ab. Aegidius pfeift durch seine Zähne:

„So geht das nicht, meine Freunde! Irgendwie haben wir zwar diesen alten Schlüssel bewegen können, aber wir schaffen das nie, ihn wieder zurückzuschieben!"

Sein Freund Valentinus ist den Tränen nahe:

„Bei all meinen Mausevorfahren! Wie konnte ich denn so etwas tun? Habe mich für den Schlauesten von euch gehalten und bin doch der Dümmste! Der Pfarrer, wenn er aus seinem Urlaub zurück ist, wird mich für diese Sünde bestimmt bestrafen und es mir niemals verzeihen! Für mich bleibt kein Ausweg, ich bin rettungslos verloren!"

Jetzt beginnt Valentinus wirklich an zu weinen, und seine beiden treuen Freunde schluchzen laut vor Mitleid. So sitzen sie, mut- und ratlos, bis Valentinus resignierend bemerkt:

„Es geht nicht anders, wir müssen unseren alten Feind, die schreckliche Kirchenkatze, um Hilfe bitten!"

Ach, du liebe Güte! Melanchthon und Aegidius stehen stocksteif und fiepen laut vor Angst. Valentinus versucht, sie zu beruhigen.

„Natürlich müssen wir auf der Hut sein, denn diese Katze ist äußerst gerissen und hinterhältig. Liebend gerne würde sie einen von uns verspeisen, am besten gleich alle drei, aber so weit werden wir es nicht kommen lassen. Doch es hilft alles nichts, wir müssen diese Katze dazu bringen, dass sie für uns den Schlüssel wieder zurückdreht. Sie ist stark und mit ihren scharfen Krallen dürfte es kein Problem für sie sein. Sobald sie damit fertig ist, nehmen wir Reißaus!"

Ganz, ganz vorsichtig schleichen sie auf Mausezehenspitzen hin zu dem Ort, wo sich die Katze meistens aufhält. In einer windgeschützten Ecke liegt sie im Pfarrgarten in der Sonne und schläft. Die drei Mäuse trauen sich nicht, sie zu wecken, aber die fette Kirchenkatze hat sie längst bemerkt, öffnet faul nur das eine Auge und grinst frech, als sie die Angst der Mäuse verspürt. Nachdem sie jedoch gehört hat, um was diese da bitten, lacht sie schallend und gemein. Dann spottet sie:

„Ihr dummen Mäuse! Ich hätte euch für klüger gehalten! Erst macht ihr dreifachen Unsinn und dann soll ich es wieder richten, wie! Jetzt soll die gute Katze auch noch nett zu den Mäusen sein, die sich sonst nicht fangen lassen wollen, was! Soll die nette Katze den Schlüssel für euch drehen, weil ihr zu schwach dafür seid? Pah! Jammerlappen! Warum sollte ich eigentlich helfen? Ich werde einfach warten, bis der Pfarrer kommt und euch ein Riesendonnerwetter verabreicht. Ja, das sollte ich wirklich! Warten, bis ihr in der Hölle schmort! Aber ich geruhe, euch zu helfen, wenn ihr zwei noch einmal schön darum bittet!"

Als die Mäuse einwenden, dass sie doch zu dritt seien, lacht die gemeine Katze laut auf, als sie die schreckgeweiteten Augen der Mäuse sieht:

„Einer von euch muss sich zuerst von mir fressen lassen, die beiden anderen dürfen danach bitten. So meine ich es, oder denkt ihr, ich könnte nicht bis drei zählen? Na, gut, ich will mal nicht so sein! Habe ohnehin keinen rechten Hunger! Also los!"

Artig bitten sie die drei Mäuse erneut um ihre Hilfe, schöpfen Hoffnung, dass die Katze vielleicht doch nicht so gemein sein könnte. Dann freilich die furchtbare Überraschung: Die Kirchenkatze nennt ihre Bedingungen. Kaltes Entsetzen packt die drei Mäuse, als sie vernehmen müssen, was die Katze von ihnen verlangt. Sie will, dass die Mäuse sich an die Knochen des Hl Valentin heranmachen und von dort die kostbaren goldenen Schnüre stehlen. Diese will sich die eitle Katze in ihre Barthaare flechten, damit diese dann in der Sonne herrlich glänzen und strahlen.

Valentinus, Aegidius und Melanchthon versuchen noch, mit der Katze zu verhandeln. Allein, sie lässt sich nicht umstimmen, und da der Pfarrer bald aus seinem Urlaub zurück sein wird, gibt es keinen anderen Weg, als der Katze zu Willen zu sein.

Sogleich ist die Katze mit wenigen Sätzen an der Kirchentür, reckt sich, auf den Hinterbeinen stehend, hoch und dreht mit einem Griff ihrer Pfote den Schlüssel herum, die Tür ist wieder offen.

Valentinus zeigt sich empört:

„Bei all meinen Mausevorfahren! Das war ja gar nichts! Nicht einmal angestrengt hast du dich! Und dafür willst du die kostbaren Schnüre? Nie und nimmer! Du gierige Katze hast uns reingelegt! Hast gedroht, erst einmal einen von uns aufzufressen! Auf den Knien mussten wir dich bitten, obwohl es für dich keinerlei Arbeit war! Schäm dich, Kirchenkatze!"

So hätte Valentinus besser nicht geschimpft, denn die fette Kirchenkatze macht sofort kurzen Prozess, packt den Schlüssel und mit einer Drehung ihrer Pfote ist die Tür wieder verriegelt.

Die Mäuse stehen wie versteinert, die Katze aber verschränkt ihre Vorderbeine über dem fetten Bauch und erklärt völlig ungerührt:

„Wenn ich euch noch einmal diese Tür öffnen soll, dann müsst ihr mir vorher die goldenen Schnüre bringen! Habt ihr verstanden? Vorher und nicht nachher! Noch einmal legt ihr Mäuse mich nicht herein!"

Natürlich wissen die Mäuse, dass sie einen Riesenfehler gemacht haben. Müssen sie jetzt wirklich stehlen gehen? Lange denken sie über einen Ausweg aus ihrer Klemme nach. Da hat Aegidius eine Idee:

„Verzagt nicht, meine Freunde! Wir brauchen nicht zu stehlen, was wir eigentlich beschützen sollen! Wir basteln für diese hundsgemeine Katze einfach unsere eigenen goldenen Schnüre. Ich weiß auch schon, wie."

Dann ziehen die drei Freunde los. In der Sakristei lagern die Gesangbücher für die Kirchengemeinde. Ihre Seiten sind mit Goldschnitt versehen. Von jedem dieser Bücher nagen die Mäuse mit ihren scharfen Vorderzähnen nur so wenig Gold ab, dass es nicht auffällt.

„Mit Zähnen, schärfer noch als Messer,

Schneiden wir den Goldstaub besser.

Ein Raspeln da, ein Knabbern hier,

Arbeiten wir an dem Brevier.

Wir schlauen Mäuse es uns schwören,

Die Kirchenkatze zu betören!"

Da ist ein Rascheln und ein Huschen, und bald haben die eifrigen Mäuse gemeinsam ein ansehnliches Häufchen Goldstaub beisammen. Mit Mäusespucke wird sodann der feine Staub auf lange Fäden geklebt und zum Trocknen aufgehängt. Danach werden die fertigen Schnüre der fetten Kirchenkatze übergeben. Diese zeigt sich äußerst befriedigt:

„Na, seht ihr, es geht doch!"

Und mit einem Satz sitzt sie auf der Türklinke und dreht mit einer eleganten Bewegung den Schlüssel im Schloss: Die Tür ist wieder offen!

Vor dem großen Spiegel in ihrem Schlafzimmer sitzend, beginnt die eitle Katze, Goldschnur um Goldschnur in ihre Barthaare zu flechten. Doch welch ein Schrecken packt sie da? Durch das Winden und Flechten bröckelt der nur aufgeklebte

Goldstaub ab und unscheinbare graue Fäden bleiben zurück.

Voll des Zorns rast die fette Katze sofort zur Kirchentür und dreht den Schlüssel im Schloss, faucht wie ein wilder Tiger:

„Zugesperrt für immer und auf ewig, ihr betrügerischen Mäuse! Niemals wieder werde ich diese Tür für euch entriegeln! Da könnt ihr mir alle Schätze dieser Welt zu Füßen legen! Selbst wenn ihr euch mir zum Fressen anbietet, werde ich dankend verzichten! Denn das, was euch erwartet, wird viel schlimmer sein! Der wütende Pfarrer wird überall Fallen für euch aufstellen. Sobald ihr dann gefangen seid, werde ich mit euch spielen, dass euch Hören und Sehen vergeht!"

Aber auch die Katze hat, wie vordem Valentinus und Melanchthon, die Rechnung ohne den Wirt gemacht. Der kluge Aegidius nämlich hat der Katze einen besonderen Cremetopf als Lockmittel hingestellt. Da er weiß, dass sie furchtbar eitel ist, hofft er, dass sie sich damit dann ihre Barthaare eincremen wird. Sein schlauer Plan geht auf. Genau das tut die Katze und schmiert sich vor ihrem großen Spiegel genüsslich die Creme um den Bart. Behaglich schnurrend liegt sie danach in der Nähe der Kirchentür und wartet auf die Mäuse. Wenn sie diesen jetzt ein letztes Mal die Tür aufsperren soll, so überlegt sie, dann müssen zwei Mäuse dafür als ihr Mittagessen herhalten. Gottlob aber kommt es nicht so weit. Aegidius ruft aus einem sicheren Versteck:

„Wo hast du denn deine wunderschönen Barthaare gelassen, Kirchenkatze?"

Entsetzt fühlt die Katze, dass nicht ein einziges ihrer geliebten Barthaare, auf die sie doch so stolz ist, mehr da ist. In ihrer Eitelkeit hat die Katze nicht den Warnhinweis auf der Cremedose gelesen: Enthaarungscreme! Bitte nur ganz sparsam benutzen!

Von der fetten Kirchenkatze ist nur noch ein Häuflein Elend übrig. Jetzt lacht Aegidius:

„Wenn du die Tür aufsperrst und auch offen lässt, sage ich dir, wie du wieder zu deinen wunderschönen Barthaaren kommst."

Was bleibt der besiegten Katze denn anderes übrig, als die Kirchentür wieder zu entriegeln und zu warten, bis Aegidius sein Geheimnis preisgibt. Tage vergehen, der Pfarrer ist wieder von seinem Urlaub zurück und die Barthaare sprießen als zarter Flaum erneut um das Maul der Kirchenkatze. Aegidius triumphiert:

„Siehst du, man muss nur Geduld haben, Katze, dann wachsen sie von ganz alleine wieder nach!"

Die Kirchenkatze
Mit Valentinus

Das Zwerglein vom Hinterlandswald

Ganz oben hinter den Höhen des Rheintals befindet sich ein sehr, sehr großes Waldgebiet. Nur wenige Wanderer kommen hierher, denn man kann sich nur allzu leicht verirren. Allerdings wachsen in dieser Gegend herrlich fette Steinpilze. Schon von Weitem kann man sie am intensiven Duft erkennen. So manch kundiger Pilzsammler schleppt nach kurzem Suchen einen gefüllten Korb mit den delikaten Pilzen nach Hause.

Auch die alte Hexe ist heute wieder unterwegs. Sie liebt diese Steinpilze über alle Maßen und hat vor, sich aus ihnen ein leckeres Pilzomelett zu backen. Doch dummerweise hat sie ihre Brille vergessen und deshalb kann sie nicht so recht sehen, wo die Pilze stehen. Nein, schlimmer noch! Sie kann gar nicht erkennen, ob das, was sie da anfasst, überhaupt ein Pilz ist! Auf ihre Nase mit der dicken Warze darauf kann sie sich auch nicht verlassen, weil sie damit nicht mehr riechen kann, obwohl die Nase doch groß und krumm genug ist. Das aber könnte für das Zwerglein vom Hinterlandswald tatsächlich in einer echten Katastrophe enden.

„Au, aua, au, au! Hör auf, an meinen Fuß zu reißen! Das ist kein gewöhnlicher Fuß, sondern mein Lieblingsfuß, und gerade den brauch ich noch! Das ist also kein Pilz! Siehst du das denn nicht? Also reiß ihn mir nicht ab!"

Aber die Hexe hat gar nicht vor, ihm den Fuß abzureißen. Sie hat ihn nur gepackt, um zu prüfen, ob es sich um einen Pilz handelt. Ein Steinpilz scheint es ihr zwar nicht zu sein, aber ein Schusterpilz, oder auch Hexenröhrling genannt, kommt ihr ebenso gelegen. Gekocht schmeckt der gerade für eine Hexe hervorragend! Wenn sie das meint, weil sie so wenig ohne ihre Brille sieht, dann steht es ganz schlecht um den Fuß des Zwergleins, denn die Hexe hat auch ein scharfes Messer dabei!

Wie aber kommt es, dass die Hexe den Fuß des Zwerges überhaupt für einen Pilz halten kann? Nun, der Zwerg wohnt hier im Walde, und da es schon früher Nachmittag ist, hat er es sich in einer warmen, weichen Mooskuhle bequem gemacht, um ein Schläfchen zu halten. Wie es seine Art ist, hat er dabei den einen Fuß, seinen Lieblingsfuß, wie er ihn nennt, mitsamt dem blauen Strumpf und dem hellbraunen Lederstiefel steil in die Höhe gestreckt. Wenn er das macht, so glaubt er, kann er besser schlafen und es kommen ihm schönere Träume. Doch, wie man sieht, ist dieses Tun nicht ganz ungefährlich, wenn einem dort in der Waldeinsamkeit eine Pilzsammlerin begegnet, die ihre Brille zu Hause vergessen hat.

Jäh also wird der Zwerg aus seinem Traum gerissen, und das ausgerechnet in dem Augenblick, als ihm ein blauer Zaubervogel ein großes Kristallglas mit bunten Bonbons darin geschenkt hat. Gerade will er den Deckel heben, um sich eines der leckeren Bonbons herauszunehmen, als ihn dieser plötzliche Schreck durchfährt.

Diesen blau bestrumpften Fuß in seinem hellbraunen Lederstiefel hält die alte Hexe wohl für einen schmackhaften Pilz. Kräftig zerrt sie mit ihren knotigen Fingern an dem Zwergenfuß. Halblaut murmelt sie vor sich hin:

„Da hol mich doch der Teufel, wenn das kein sprechender Pilz ist! Aber sprechende Pilze gibt es nicht! Oder doch? Deshalb muss ich mir dieses Exemplar doch einmal genauer ansehen. Dumm nur, dass ich meine Brille vergessen habe! Hexenmist und Katzenschmer! Am besten, ich schneide ihn ab und nehme ihn mit nach Hause. Gebraten wird mir dieses Ding sicherlich besonders gut schmecken!"

Oh, oh, derlei schlimme Rede, hört das Zwerglein gar nicht gerne. Abschneiden? Den ganzen Fuß? Ausgerechnet seinen Lieblingsfuß! Das geht doch nicht! Wer wagt es, so dreist Hand anzulegen? Ist diese hässliche Pilzsammlerin blind? Kann sie keinen mürben Pilzstock vom weichen Leder eines rechtschaffenen Zwergenstiefels unterscheiden? Auch ohne Brille müsste sie doch diesen gewaltigen Unterschied bemerken! Das Zwerglein ist richtig empört, dann aber wird ihm angst und bang, als diese schreckliche Pilzsammlerin doch tatsächlich ein Messer zückt, um den Zwergenfuß vom dazu gehörenden Zwergenbein abzutrennen. Mit erstickter Stimme fleht sie das Zwerglein an:

„Lass ab von deinem bösen Tun, hörst du! Ich brauche diesen Fuß ganz dringend! Wenn du ihn abschneidest, dann kann ich nicht mehr laufen, muss humpeln und benötige eine Gehhilfe! Wie kann ich dann meiner Arbeit im Bergwerk nachgehen? Wie soll ich die Säcklein mit den Edelsteinen transportieren, wenn ich schon einen Stock halten muss! Habe also Erbarmen mit meinem ar-

men Fuß, denn er ist, das versichere ich dir, wahrlich kein essbarer Pilz!"

Der Zwerg ist zu Recht entsetzt, dass er von der
Hexe entdeckt worden ist. Immerhin hat er alles
nur Erdenkliche getan, um sich im Wald zu tarnen,
damit er nicht gefunden werden kann. Statt einer
roten Zipfelmütze, wie sie die normalen Garten-
zwerge tragen, hat er einen grauen Hut aus Filz
gewählt, damit ihn auch kein Raubvogel hoch
oben vom Himmel ausmachen kann. Mit seinem
Wams aus braungetupfter Wolle ist er von dem
umgebenden Waldboden nicht zu unterscheiden.
Schon lange raucht er auch keine Pfeife mehr,
denn erstens könnte ihn der Rauch verraten, und
zweitens wäre das wegen der Waldbrandgefahr
viel zu leichtsinnig. Da muss man als verantwor-
tungsvoller Zwerg schon sehr aufpassen. So hat er
zwar augenscheinlich an alles gedacht, nur eben
nicht daran, dass sein in die Luft gereckter Fuß in
seinem hellen Lederstiefel ausgerechnet für einen
Speisepilz gehalten werden könnte.

Obwohl er sonst sehr gerne lacht, ist es ihm heute
gar nicht danach zumute. Nur wenn er lacht, kann
man sehen, dass er keinen einzigen Zahn im Mund
hat. Das braucht dieser Zwerg auch nicht, denn er
ernährt sich ausschließlich vom süßen Nektar aus

den Blüten der wilden Blumen. Für ein Bonbon gäbe er wahrscheinlich sogar seinen Lieblingsfuß her. Aber bei dieser Pilzsammlerin geht es nicht um Süßes, und deshalb schnauzt er sie jetzt an:

„Siehst du nicht, dass ich einen blauen Strumpf trage? Blau ist die Farbe der Gefahr! Blaue Pilze soll man nicht essen, denn sie könnten giftig sein! Außerdem liegen sie einem viel zu schwer im Magen!"

Aber oh weh, ach, ach, der Fuß ist ab! Mit Strumpf und Lederstiefel stopft ihn die unbarmherzige Hexe in ihren Korb und zieht von dannen. Das Zwerglein will ihr noch nach, tritt aber, weil ihm doch der Fuß fehlt, daneben und fällt auf den Bauch. Laut wehklagend sieht er seinen geliebten Fuß in der Ferne entschwinden.

„Gerad noch auf dem Moos allein,

Steh ich nun da mit einem Bein!

Die Hex hat an nen Pilz geglaubt

Und mir den schönen Fuß geraubt!

Ich hat ihn in die Luft gestreckt,

Wo sie ihn dann, oh Schreck, entdeckt!

Und schnipp und schnapp mit scharfer Klinge,

Damit ihr Pilzgericht gelinge,

Mein Lieblingsfuß im Hexentopf!

Was bin ich für ein armer Tropf!"

Die Hexe jedoch, kaum zu Hause angekommen,
setzt sich ihre Brille auf die krumme Höckernase
und begutachtet ihren Fund:

„Sapperlot, ein Fuß, fürwahr!

Mit einem Stiefel dran sogar!

 Hexenmist und Katzenschmer!

Wo kommt denn dieses Ding bloß her?

Zwergenfuß im Pilzomelett,

Findet keine Hexe nett!

Übles Zeug, dazu noch zäh,

Unverdaulich bis zum Schmäh!

Ein blauer Strumpf noch obendrein!

Wie hass ich dieses Zwergelein!"

Da macht es sich die böse Hexe nun doch zu leicht.
Würde sie auch zu Hause ihre Brille nicht gefunden haben, dann wäre ihr womöglich noch der

Kochtopf explodiert. Und wenn sie bereits im Wald auf das Jammern und die Klagen des Zwergleins gehört hätte, dann wäre der Fuß noch dran am Bein und das Pilzgericht nicht verdorben. Voll Abscheu wirft sie Zwergenfuß samt Stiefel und Strumpf schimpfend auf den Biomüll.

Lange aber liegt er dort nicht, denn eine Horde junger Raben entdeckt ihn mit ihren scharfen Augen. Im Nu ist ihr Anführer heran und packt ihn mit seinem kräftigen Schnabel. Hoch in die Luft wirft er den armen Fuß, und die anderen Raben müssen ihn im Fluge auffangen. „Schnapp den Fuß" nennen sie es. Nach einer Weile freilich verlieren sie die Lust an diesem Fangen und spielen jetzt „Blinder Rabe". Das geht so: Ein Rabe fliegt mit dem Zwergenfuß in die Luft und lässt diesen irgendwohin auf den Boden fallen. Ein anderer Rabe, dem man die Augen mit einem Taschentuch verbunden hat, muss dann den Fuß suchen und finden. Allzu lange jedoch währt auch dieses Spiel nicht, denn als der Fuß in einem dichten Gebüsch landet, finden sie ihn selbst ohne Tuch vor den Augen nicht mehr.

Dort liegt der Fuß nun, und obwohl das Zwerglein an seinem Stock jeden Tag auf seinem Weg zum Bergwerk ganz dicht daran vorbeihumpelt, es sieht seinen Lieblingsfuß nicht. Mit den Monaten hat er sogar Moos angesetzt, und ist so eigentlich unauffindbar geworden.

Ja könnte der Fuß denn wieder anwachsen, wenn das Zwerglein ihn wieder bekäme? Klar ginge das, doch dafür müsste man den Stiefel mit dem Fuß daran erst einmal finden. Und das schafften nicht einmal die Raben mit ihren sehr guten Augen. Es ist zum Verzweifeln!

Inzwischen ist wieder Sommer und eines schönen Nachmittags macht das Zwerglein ein Schläfchen in seiner Mooskuhle, aber es hütet sich jetzt, das andere Bein steil in die Luft zu recken. Bald beginnt der Zwerg zu träumen. Am liebsten hätte er es gehabt, wenn der Traum mit den süßen Bonbons im Kristallglas wieder gekommen wäre. Darüber hätte er vielleicht sogar seinen Kummer über den Verlust seines Lieblingsfußes vergessen können. Doch dieser Wunsch bleibt ihm verwehrt. Stattdessen erscheint der Zaubervogel und fragt:

„Wo hast du denn deinen Fuß gelassen, Zwerglein? Hast du ihn etwa für ein Glas Bonbons verkauft? Den Fuß, den Stiefel und diesen wunderschönen blauen Strumpf dazu?"

„Ja, ja, Bonbons", murmelt das Zwerglein im Schlaf.

Der Zaubervogel ist entrüstet:

„Liegt dieser Kerl doch hier und träumt von einem Glas voll süßer Bonbons, obwohl ihm sein Fuß abgeschnitten worden ist! Nicht zu fassen, kaum zu glauben! Tauscht seine Gesundheit gegen Hexenmist und Katzenschmer! Sein Fuß und sein Stiefel könnten mir ja egal sein, aber dieser wundervolle blaue Strumpf? Der soll auch weg sein? Missetat und Schrotgewehr! Ich werde ihn mir holen und mein Vogelnest damit auspolstern. Zumindest meine Vogelkinder sollen es dann warm und bequem haben, wenn dieser dumme Zwerg es nicht anders will. Außerdem passt dieses Blau haargenau zu meinem eigenen blauen Gefieder!"

Sofort macht sich der Zaubervogel auf die Suche, entfaltet seine Schwingen und hebt sich hoch in den Himmel, von wo aus er einen grandiosen Rundblick über die Wälder und Wiesen des Hinterlandswaldes hat. Mit seinen scharfen Augen durchforstet er jeden noch so kleinen Winkel, sieht das Haus der bösen, alten Hexe und entdeckt auch den Biomüll. Dort liegt zwar Allerlei, was die kurzsichtige Hexe statt der vermeintlichen Pilze gesammelt hat: Eine zerbeulte Kaffeekanne, einen

Nachttopf aus Emaille und eine Kuckucksuhr, aber eben kein Zwergenfuß mit Stiefel und blauem Strumpf. Also heißt es weiter suchen.

Da muss selbst der Zaubervogel lachen, denn gar nicht weit vom schlafenden Zwerglein macht er eine Entdeckung: Für das ungeübte Auge kaum sichtbar, leuchtet da etwas Blaues aus dem Moos. Mit kräftigen Flügelschlägen jagt er heran und landet direkt neben dem blauen Strumpf. Erst will er nur den begehrten Strumpf aus dem moosigen Dickicht ziehen, besinnt sich dann aber anders. Weil er doch ein richtiger Zaubervogel ist, versteht er, dass das Zwerglein ohne seinen Fuß ja nun mal schlecht laufen kann. Also hakt er seinen Schnabel in die Lederschlaufe am Stiefel und schwingt sich erneut empor in die Lüfte.

Unser Zwerglein liegt noch immer träumend in seiner Mooskuhle, als der Zaubervogel neben ihm landet:

„Nun wach schon auf, alte Schlafmütze! Schau mal, was ich dir mitgebracht habe! Fuß, Stiefel und Strumpf! Nichts fehlt!" Dazu, recht vorwurfsvoll: „Kannst du vielleicht künftig etwas besser auf deine Sachen aufpassen? Nicht immer ist ein Zaubervogel zur Stelle, der dir deinen Kram hinterher trägt!" Dann ergänzt er: „Es hat mich schon eine gewisse Überwindung gekostet, dir diesen wunderhübschen blauen Strumpf zurückzugeben, aber er gehört ja nun mal dir."

Über und überglücklich ist der Zwerg dabei, seinen Lieblingsfuß wieder am Bein zu befestigen. Dazu verwendet er ganz feinen Edelsteinstaub, den er einem Beutelchen entnimmt, das er an seinem Gürtel trägt. Es knattert und knallt wie bei einem Feuerwerk, und die Edelsteinkristalle funkeln in der Luft: Rot, Grün, Blau, Gelb, Türkis. Noch ein lauter Knall, dann sitzt der Fuß wieder fest. Nur der Zaubervogel schaut etwas traurig, als das Zwerglein danach den blauen Strumpf überstreift. Ihre Augen treffen sich. Dann, mit einer energischen Geste, zerrt das Zwerglein den Strumpf wieder vom Fuß und übergibt ihn dem freudestrahlenden Zaubervogel:

„Hier, du guter Vogel! Der Strumpf sei dein, mein Freund! Ich werde mir einen grünen Strumpf zulegen, damit mich auch auf einer Wiese künftig niemand mehr entdecken kann."

Das Zwerglein

Alarm Im Rhein

Gemächlich fließt der alte Vater Rhein an den kleinen Ortschaften, die an seinen Ufern liegen, vorbei. Doch wer denkt, dass es auch unter seiner Wasseroberfläche so friedlich zugeht, der hat sich gewaltig getäuscht, denn dort herrscht allerhöchste Alarmstufe. Alle Fische sind in hellem Aufruhr. Aber was ist denn nur passiert? Was hat diesen Alarm ausgelöst? Wer stört das friedliche Leben der Fische dort unten im tiefen Wasser?

Fremde Fische sind es! Ganze Heerscharen von gefräßigen Fischen, die den alten Vater Rhein überfallen haben und alles wegfressen, was ihnen vor die nimmersatten Mäuler schwimmt. Es sind die Kesslergrundeln, die es früher hier nicht gegeben hat und die jetzt das Kommando übernommen haben. Hören wir mal, was da eine Fischmama zu klagen hat:

„Wie soll ich bloß meine vielen kleinen Fischkinder satt bekommen, wenn diese schreckliche Kesslergrundel uns alle Nahrung hier im Rhein wegfrisst? Wenn das so weitergeht, dann werden wir noch alle verhungern und ganz jämmerlich sterben!"

Dann fragt sie ihren Mann, der da, mit kleinen Luftblasen vor dem Maul, im Wohnzimmer auf und ab schwimmt:

„Könnt ihr Männer denn nichts dagegen ausrichten? Ihr müsst euch treffen und miteinander beratschlagen, wie das Problem zu lösen ist! Allzu viel Zeit bleibt uns da nicht mehr."

Ihr Mann, der treue Fischvater, schüttelt den schuppigen Kopf:

„Nein, Frau, das können wir nicht! Wir haben uns schon getroffen, haben alles versucht, wollten sie verjagen aus unserem lieben Rhein, aber diese Kesslergrundeln zeigen keine Angst vor uns und rennen auch nicht weg. Auch haben wir sie erschrecken wollen, versteckten uns unter den dicken Steinen im Fluss oder hinter den Wurzeln der alten Bäume, die da ins Wasser ragen, weißt du. Dann brachen wir mit lautem Geschrei hervor, peitschten mit unseren Fischschwänzen das Wasser, dass es nur so schäumte. Mit weit geöffneten Mäulern schossen wir auf diese Grundeln zu. Ein Heidenspektakel, sag ich dir! Mir wurde selbst bei diesem Radau angst und bang, so wild ging es zu. Und was denkst du, Frau, was diese Kesslergrundeln daraufhin taten? Na? Du wirst es nicht glauben: Sie stemmten ihre Flossen in die Seiten ihrer fetten Fischleiber und lachten uns alle aus. Einfach so! Dann, Frau, es war einfach nicht zu fassen, streckten uns diese frechen Kesslergrundeln auch noch die Zungen heraus, drehten sich um und begannen erneut, ganz gemütlich zu fressen. Alle schwammen wir sprachlos um sie herum. Doch das störte sie nicht im Geringsten. Als unser Freund Edgar ihnen zu nahe auf die Schuppen rückte, da fletschten sie sogar die Zähne und knurrten ihn an. Da hat er aber gleich Reißaus genommen. So ängstlich habe ich den Edgar noch niemals zuvor gesehen, und du weißt, liebe Frau, wie stark der ist und wie gut der raufen kann."

„Oh, Mann, oh, mein lieber, mutiger Mann!"

Dankbar drückt ihm seine Fischfrau einen dicken Kuss auf die Kiemen. Blubbernde Luftbläschen entweichen ihrem Maul, als sie sich erneut aufregt: „Ich habe schon keine Worte mehr für diese üblen Missetäter. Seit diese schrecklichen Kesslergrundeln aus dem Schwarzen Meer in unseren lieben Rhein eingewandert sind, fressen sie uns den ganzen Fluss leer. Nie ist ihre Brut satt zu kriegen.

Anscheinend futtern diese Grundelfamilien auch noch nachts, während wir anderen Fische brav schlafen. Kein Wunder, wenn die Wasserpflanzen gar keine Zeit mehr haben, um nachzuwachsen."

Groß und schwer sind also die Sorgen der Fische im Rhein. Alle fürchten, dass man diese Plagegeister niemals mehr loswerden wird. So auch unsere Fischmutter und geht schweigend in ihre Küche, um dort das karge Abendessen für ihre zahlreichen Kinder zuzubereiten, während der Fischvater noch einmal in den Fluss hinausschwimmt, um nachzusehen, ob sich da nicht doch noch etwas Essbares finden lässt.

Das aber hätte er besser nicht tun sollen, denn nun ist seine Familie schutz- und hilflos. So beschäftigt ist unsere gute Fischmutter, dass sie nicht bemerkt, wie eine böse Grundel durch die geöffnete Küchentür herein schwimmt, sich kurz umschaut und dann den Topf mit dem Abendessen für die ganze Fischfamilie vom Herd herunterreißt und stiehlt. Dabei singt sie ein Spottlied:

„Weit entfernt vom Schwarzen Meer,

Treibt's uns Kesslergrundeln her!

Mit dem großen, dicken Kopf,

Schnappen wir uns manchen Topf!

Mögen die Fische noch so stöhnen,

Sie müssen uns mit Fraß verwöhnen!

Oh jemine, oh Schand', oh Graus,

Bald ist's mit all den Fischen aus!"

Bevor die Mutter den gemeinen Diebstahl bemerkt, ist die Grundel mit ihrer leckeren Beute bereits wieder verschwunden. Tief unten auf dem Grunde des Rheins lebt sie mit ihren gefräßigen Kindern in einer Fischburg mit vielen Ein- und Ausgängen, damit sie schneller und besser fliehen können, wenn Feinde ihrer Behausung zu nahe kommen sollten. Ungeduldig wird die diebische Grundel dort bereits von ihrer Brut erwartet. Ihre vielen Kinder schreien, so laut es nur geht:

„Hunger, Hunger, den wir haben

Wollen uns am Futter laben

Riesengroß ist unser Durst

Andre Fische sind uns Wurst!"

Dann schimpfen sie auch noch ihre Mutter:

„Wo bleibst du denn so lange?

Uns ward dabei so bange.

Wo hast du bloß gesteckt?

Unser Tisch ist schon gedeckt!

Siehst du nicht, wie dünn wir sind?

Mutter, sorg dich um dein Kind!

Willst du, dass wir Hungers sterben?

Hier in diesem Loch verderben?"

„Hoffentlich hast du genug zu essen in deinem Topf. Sonst mach dich gleich wieder auf den Weg!"

Noch während die letzten ihrer Kinder schreien, haben die ersten bereits den Deckel vom Topf gerissen und greifen mit gierigen Flossenfingern, ohne Messer und Gabeln zu benutzen, hinein in den Topf. Im Nu ist dieser leer, weil die großen Geschwister die Kleinen beiseite schubsen, um sich möglichst viel und möglichst rasch die Mäuler zu stopfen, hinein, was nur rein geht. Kaum ist der Topf leer, als es auch schon wieder losgeht mit der Schreierei:

„Hunger, Hunger! Mama, wir haben so großen Hunger! Schwimm sofort wieder zu diesen anderen Fischen und versuche, ob du ihnen nicht noch einen, zwei oder besser drei Töpfe mit dem guten Essen stehlen kannst! Aber beeil dich, Mama, sonst verhungern wir!"

Und die Kesslergrundel gehorcht ihren Kindern und schwimmt eiligst von dannen, um einer anderen Fischfamilie das Abendessen zu stehlen.

Na, diese Grundelbrut würde gewiss nicht so schnell verhungern, wie man an ihren prall gefüllten Bäuchen erkennen kann, die kugelrund vom täglichen Fressen sind. Doch deren Gier ist einfach unersättlich. Ganz anders dagegen geht es bei der armen Fischfamilie zu, deren Abendessen auf Nimmerwiedersehen verschwunden ist. Kein Krümelchen von Futter findet sich mehr in der Küche. Auch der Vater ist mit leeren Flossen nach Hause zurückgekehrt, hat selbst Hunger. Da hilft alles Jammern und Wehklagen nichts, man geht mit knurrendem Magen ins nasse Bett und kann lange nicht einschlafen, weil der Hunger so groß ist. Doch irgendwann ist man zu müde, um sich noch weiter zu grämen. Bald zeugen gleichmäßig aufsteigende Luftblasen davon, dass alle eingeschlafen sind.

Wirklich alle? Nein, nein! Kiemy, das jüngste Kind in der Fischfamilie, liegt noch immer wach. Es ist weniger der Hunger, der ihn nicht schlafen lässt, als vielmehr die Sorge um seine Eltern und die anderen Geschwister. Wie könnte er ihnen helfen, diese lästigen Kesslergrundeln wieder loszuwerden? Denn so geht das nicht mehr weiter. Jeden Abend kommt nämlich diese diebische Grundelmutter. War sie vorher noch heimlich herangeschwommen, so reißt sie jetzt frech die Küchentür auf und verlangt mit herrischer Stimme nach dem Topf mit dem Abendessen für ihre eigene Brut. Kiemy beschließt, seine Cousine, die Wassernixe Melusine, um Rat zu fragen.

Doch wie erschrickt er, als er sieht, dass seine Cousine selbst Hilfe benötigt. Unter irgendeinem Vorwand haben die listigen Grundeln Melusine in eine Falle gelockt, und nun sitzt sie in einer Fischreuse gefangen und kann aus eigener Kraft nicht mehr raus. Als Kiemy am Riegel der Reuse vergeblich zerrt, um Melusine herauszuhelfen, rät ihm diese:

„Der Riegel ist zu schwer für dich, Kiemy. Du bist noch zu klein. Aber geh zu den großen Steinen am Ufer und bitte sie darum, euch zu helfen. Dann erst lass deinen Vater und den starken Edgar kommen und mich befreien!"

Kiemy tut, wie ihn die Wassernixe Melusine geheißen, und sucht den dicken, algenbewachsenen Stein auf, um diesen um Rat und Hilfe zu bitten. Nahe am Ufer, dort, wo sich die Wellen der vorbeifahrenden Rheinschiffe brechen, liegt der alte, kluge Stein Otto behaglich in der Sonne und lässt das Wasser des Rheins genüsslich über seinen glatten Bauch laufen. Als Kiemy ihm von seinen Sorgen erzählt, lacht Otto:

„Ihr Fische seid schon komische Gesellen! Immer denkt ihr nur ans Fressen! Macht es doch wie wir Steine! Legt euch faul in die Sonne, lasst euch von den Wellen am Bauch kitzeln und freut euch des Lebens! Ich heiße Otto, und das aus gutem Grund. Die beiden O's haben keinen Anfang und auch kein Ende. Du kannst mich vorwärts und rückwärts lesen. So muss es sein bei einem Stein! Schau, ich esse nie und dennoch bin ich satt und rund! Ich habe keine Schuppen, und ich friere dennoch nicht! Und wenn ich schwitzen sollte, dann lasse ich mir einfach von den Wellen den heißen Bauch kühlen! Vor allem aber fresse ich keinem das Futter weg! Bin ich nicht ein weiser, philosophischer Stein?"

Beinahe wäre er über seinen eigenen Weisheiten eingeschlafen, doch als er die Tränen der Verzweiflung in Kiemys kleinen Fischaugen bemerkt, verspricht er zu helfen.

„Aber lass mich erst gründlich darüber nachdenken, Kiemy! Wir klugen Steine haben es nicht so eilig wie ihr Fische. Weide du inzwischen Algen hier an meinem Rücken ab, damit ich mir in aller Ruhe etwas Gescheites einfallen lassen kann!"

Über seinen Worten schläft er dann aber doch ein, und, als er wieder erwacht, ist es Abend und derselbe Topfdiebstahl wiederholt sich in der geplagten Fischfamilie. Wieder gehen alle hungrig ins feuchte Bett, und Kiemy weint sich in den Schlaf.

Aber Otto, der Stein, hat ihn nicht vergessen. Fieberhaft grübelt er über einer Lösung für das Elend, dem Kiemy und die anderen Fische ausgesetzt sind. Jetzt ist er es, der die halbe Nacht wach liegt, doch nicht aus Hunger, sondern aus Sorge um seinen kleinen Fischfreund. Dann kommt ihm die geniale Idee, und sofort beginnt er, den Wellen des Rheins, die über seinen glatten Bauch hüpfen, mitzuteilen, was die anderen Steine im Rhein wissen müssen. Die Wellen, die das hören, kringeln sich vor Lachen und springen lustig von Stein zu Stein. Langsam erst, denn Steine sind sehr behäbig, doch dann schneller und schneller beginnen sie zu rollen. Dabei kommt es ihnen zupass, dass das

Flusswasser sie so rund und glatt geschliffen hat. So brauchen sich die Steine gar nicht anzustrengen, können sich einfach kullern lassen. Wie eine Lawine rollen die alten Steine von ihrem flachen Ufer bis hinab in die Tiefe. Otto singt:

„Rolle, rolle, Stein um Stein.

Tief hernieder in den Rhein!

Rollt hinunter, rollt hinab!

Die Grundelburg, sie werd' zum Grab!"

Genau dort, wo die gefräßigen Kesslergrundeln ihre Burg angelegt haben, kommen sie zum Stehen und verschließen sämtliche Ein- und Ausgänge. Mochten die Grundeln drinnen auch noch so toben und schreien, sie können nicht mehr heraus, denn die Steine sind viel zu schwer, um von ihnen wieder weggerollt zu werden. Erst als die Grundeln versprechen, keine der Fische mehr zu überfallen und auch keine Futtertöpfe mehr zu stehlen, geben die Steine die Ein- und Ausgänge wieder frei und rollen gemächlich wieder ans Ufer zurück, um sich dort von der anstrengenden Arbeit auszuruhen. Auch die Wassernixe Melusine wird von den Grundeln wieder freigelassen. Kiemy aber wird gefeiert:

„Kiemy, Kiemy, großer Held,

Rettet unsre heile Welt!"

Seine Mama ist mächtig stolz auf ihren tapferen Sohn und drückt ihm einen dicken, feuchten Kuss auf die Kiemen.

Der weise Otto jedoch liegt längst schon wieder behäbig am Ufer und lässt sich durch den allgemeinen Lärm nicht im Geringsten in seinem wohlverdienten Schläfchen stören.

Die Kesslergrundel

Die Krone Der Weinkoenigin

Es begibt sich, dass drei wunderschöne Mädchen ganz in der Nähe einer dieser warmen Quellen in Schlangenbad im Rheingau einander treffen und gemeinsam in der Sonne sitzen. In ihren fröhlichen Sommerkleidern wirken sie zwar wie bunte Schmetterlinge, aber irgendwie scheint die Atmosphäre insgesamt leicht getrübt. Marietta, eine der drei Mädchen, erhebt ihre Stimme, möchte von ihrer besten Freundin Dorina wissen:

„Hast du dich schon als diesjährige Weinkönigin in unserem schönen Martinsthal beworben?"

Doch statt einer positiven Antwort seufzt diese nur und ein paar Tränen kullern ihr über die Wangen.

„Liebes, warum weinst du denn? So ein Wettbewerb ist doch eine feine Sache! Du brauchst auch keine Angst zu haben, dass ich als Konkurrentin gegen dich antreten werde. Alles, was ich möchte, ist, dass du zur Weinkönigin gewählt wirst und ich deine Prinzessin sein darf. Also, sag schon, hast du dich beworben?"

Häufig vom Schluchzen unterbrochen oder weil ihr die Stimme versagt, beginnt Dorina zu erzählen:

„Ihr wisst noch nicht, dass meine liebe Mama sehr krank ist. Da ich ihr einziges Kind bin und sie sonst niemanden hat, muss ich mich um sie kümmern. Da ist keine Zeit, um als Weinkönigin durch die Straußwirtschaften und die alten Höfe der Winzer zu ziehen und Fröhlichkeit und gute Laune zu versprühen. Ich kann meine Mutter doch nicht so lange allein lassen. Natürlich hätte ich mich gerne beworben. Mein ganzes junges Leben habe ich davon geträumt, einst Weinkönigin zu werden. Wie viele Bücher über Wein und Weinanbau habe ich gelesen? Wie viele Stunden in den Weinbergen bei meinen geliebten Reben verbracht? Wie viele Schoppen Wein habe ich an den Ständen der Winzer ausgeschenkt? Alles umsonst! Alles, alles vergebens! Bis meine arme Mama wieder gesund wird, da werden Jahre vergehen, und dann bin ich zu alt und hässlich, um noch einmal gegen jüngere und hübschere Mädchen anzutreten!"

Genau darüber aber freut sich das dritte Mädchen im Kreis der Freundinnen. Sophia, eine schwarzhaarige Schönheit, räumt sich, jetzt da sie erfahren hat, dass Dorina nicht antreten wird und Marietta lediglich Prinzessin werden möchte, beste Chancen ein, selbst Weinkönigin zu werden. Während Marietta die weinende Dorina in ihre Arme genommen hat und zu trösten versucht, träumt Sophia von der goldenen Krone der Weinkönigin. Oh, wie wird ihr diese gut stehen! Ah, wie würde diese in der Sonne blitzen und strahlen! Eine goldene Krone auf ihrem eigenen, wunderschönen Haar und nicht auf diesen blöden, blonden Zöpfen ihrer Konkurrentin Dorina! Ja, Sophia sieht sich schon im Tanze drehen, lacht ihrem Spiegelbild zu. Und sie verspürt bereits die bewundernden Blicke der jungen Burschen! Ach, wie wird sie schön sein! Wunderwunderschön! Die Allerallerschönste von allen Mädchen! Eine wahrhafte Königin des Weines! Nie zuvor hat es das gegeben und niemals danach wird eine schönere Weinkönigin sein! Sophia, die Erste! Die Einmalige! Huldvoll wird sie allen die Hände reichen, und untertänig werden sie diese küssen! Und sie wird lachen, so herzlich und erfrischend, dass ihre schneeweißen Zähne und ihre blutroten Lippen miteinander um die Wette strahlen!

Stunden könnte Sophia so sitzen, doch da wird sie jäh aus ihren Träumen gerissen. Marietta ist es, die sie stört und vorwurfsvoll fragt:

„Was lächelst du, Sophia? Worüber denkst du nach? Lass es uns wissen, damit wir mitmachen können! Verrate uns deine Träume!"

Oh, oh, oh, da wäre sie beinahe erwischt worden! Sie muss künftig vorsichtiger sein, darf sich um keinen Preis verraten! Deshalb lügt sie schamlos:

„Ich hatte mir nur vorgestellt, wie hübsch unsere liebe Freundin Dorina mit der Krone der Weinkönigin auf ihren blonden Zöpfen aussehen würde. Keine hätte es eher verdient als sie, denn keine weiß mehr über unseren Rheingauer Wein und keine von uns ist hübscher als sie. Zu schade nur, dass sie sich nicht bewerben kann, weil ihre arme Mutter so krank ist. Aber das verstehe ich gut, dass sie diese pflegen muss. Wer sonst sollte das auch tun? Immerhin hat ihre Mutter auch für Dorina gesorgt, als diese klein und hilflos war. Da kann Dorina jetzt unmöglich Nein sagen! Da muss eben eine andere Weinkönigin werden. Ich jedenfalls habe mich bereits darum beworben. Aber ich werde es bestimmt nicht. Nur versuchen muss man es, denke ich!"

Ja, das kann Sophia leicht sagen, denn die bescheidene Marietta hat ihre Ziele selbst nicht so hoch gesteckt. Sie weiß, dass braunhaarige Mädchen weit seltener zur Weinkönigin gekürt werden als Blondinen. Und Dorinas Locken haben die Farbe des reifen Weizens und glänzen mit der Sonne um die Wette. Zudem ist Dorina noch einen Tick hübscher als Marietta, auch wenn man ihr das jetzt keineswegs ansieht. Immer mehr Tränen fließen aus ihren blauen Augen; sie scheint wirklich untröstlich zu sein.

„Wenn meine liebe Mutter wieder gesund würde, dann gäbe ich dreimal den Titel einer Weinkönigin dafür hin. Ich hätte ja gar keine Freude daran, wenn es ihr so schlecht geht. Wenn nicht ein Wunder geschieht, wird sie nie mehr laufen können."

Aber warum auf ein Wunder hoffen, wenn sich da ganz andere Möglichkeiten auftun? Über die heilende Kraft der Quellen von Schlangenbad hat auch die Äskulapnatter genaue Kenntnis, die hier in der Sommerwärme zusammengeringelt ruht. Es handelt sich wahrlich um ein Prachtexemplar dieser Gattung Schlange! Nahezu zwei ganze Meter misst sie in der Länge, und ihre grauschwarze Schuppenhaut glänzt in der Sonne als wäre sie frisch poliert. Keines der drei Mädchen hat ihre Anwesenheit bemerkt, und so liegt sie still und bewegungslos und lauscht deren Gespräch. Da sie eine Äskulapnatter ist, die sich symbolisch um den Stab des griechischen Gottes Asklepios windet, hat sie damit auch versprochen, den Menschen zu helfen und sie zu heilen. Doch bevor sie das tun kann, muss die Schlange erst einmal genau wissen, um welche Art von Krankheit es sich bei Dorinas Mutter handelt.

Als die drei Mädchen endlich von ihrem Rastplatz an der warmen Quelle aufbrechen, folgt ihnen die Schlange geräuschlos und fast unsichtbar. Zwar hat sie gehört, dass Dorinas Mutter vor Rheuma nicht mehr laufen kann, im Rollstuhl sitzen muss, weil die Ärzte ihr nicht mehr helfen können, aber die Schlange ist überzeugt davon, dass sie mit dem heilenden Wasser aus Schlangenbad zumindest eine spürbare Besserung bringen könnte. Vorsichtig, damit diese nicht erschrickt, nähert sie sich der schwarzhaarigen Sophia. Hier allerdings irrt die Äskulapnatter, denn Sophia ist eben nicht Dorina.

Als Sophia der Schlange ansichtig wird, die ihre Hilfe anbietet, schreit sie laut vor Ekel und Abscheu auf:

„Weg mit dir, du hässliches Wesen! Ich kann euch glitschige Schlangen nicht ausstehen! Was willst du von mir? Du hast ja noch nicht einmal selbst Beine! Wie willst du da jemandem helfen, der auf seinen Beinen nicht mehr gehen kann? Davon verstehst du doch gar nichts! Kriechst wie ein elender Wurm im Dreck herum und erschreckst die braven Leute! Pfui, du bist ein wahrhaft hässliches Biest mit deinem grässlichen Schuppenleib!"

Die Schlange, daran gewöhnt, dass die meisten Menschen vor ihrem Anblick schreiend fliehen wollen, versucht Sophia zu beruhigen:

„Habe keine Angst vor mir, Dorina, denn ich tue niemandem etwas zuleide! Als du von deiner kranken Mutter sprachst, hat mich das sehr gerührt. Du hast vor, auf deine Bewerbung zur Weinkönigin zu verzichten, weil du deine kranke Mutter nicht im Stich lassen willst. Ich habe ebenfalls gehört, dass sie vor lauter Rheumatismus in den Beinen nicht mehr laufen kann. Da habe ich beschlossen, ihr zu helfen. Ich gedenke, sie zu einer der warmen Quellen zu führen, wo sie ihre schmerzenden Beine ins Wasser stecken soll, damit diese rasch wieder gesund werden. Lass mich also mit zu deiner Mutter gehen und es ihr vorschlagen! Dann könntest du vielleicht doch noch zur Weinkönigin gekürt werden."

Oh, was spricht die Schlange da? Helfen und vielleicht gar heilen will sie Dorinas Mutter? Und zwar noch vor Ablauf der Bewerbungsfrist für die Wahl der Weinkönigin? Ausgerechnet diese Dorina mit ihren blöden, blonden Zöpfen! Nein, nein, nein, das darf nicht sein! Sowas kann Sophia unmöglich zulassen. Deshalb verspottet sie jetzt die barmherzige Schlange und lügt:

„Höre, du dummes Tier! Meine Mutter ist so krank nicht und benötigt gewiss nicht deine Hilfe! Bald wird sie sogar wieder tanzen können. Ich glaube dir tückischen Natter nicht ein Wort! Außerdem habt ihr Schlangen Giftzähne, das weiß ich genau, und ich werde es nicht zulassen, dass du dein Gift in ihre Adern spritzt und meine arme Mutter damit tötest!"

Die Schlange aber wehrt ab:

„Wir Äskulapnattern haben weder Giftzähne noch Gift, das wir wehrlosen Menschen in ihre Adern spritzen würden. Das Gegenteil ist der Fall. Vertraue meinen Worten: Ich möchte deiner kranken

Mutter nur helfen, damit sie wieder gesund wird und tatsächlich wieder tanzen kann!"

Genau das aber will Sophia nicht. Deshalb wird sie jetzt zornig, stampft mit dem Fuß auf, dass es nur so dröhnt, und schreit:

„Hau bloß ab, du Klapperschlange! Meine Mutter braucht dich nicht! Sie fährt sehr gerne in ihrem Rollstuhl. Ich dagegen werde auch ohne deine Hilfe zur neuen Weinkönigin gewählt! Und wenn du nicht sofort verschwindest, dann zertrete ich dich auf der Stelle! Außerdem bin ich tausendmal schöner als diese alberne Pute von Dorina!"

Auwei, da hat sich Sophia selbst verraten! Die kluge Schlange bemerkt sofort ihren Irrtum, versteht jetzt, warum Sophia nicht zulässt, dass sie der kranken Mutter hilft. Wortlos will sie sich nun davon schlängeln, als Sophia nach ihrem Schwanz greift, um diesen festzuhalten. Obwohl die Natter das sonst nie tun würde, faucht sie daraufhin so heftig, als wäre sie tatsächlich eine bissige Klapperschlange. Erschreckt lässt Sophia den Schwanz wieder los, und die Schlange vermag zu fliehen. Doch dabei verliert sie ihre kleine, goldene Krone, die sie auf dem Haupte trägt. Sophia entdeckt diese sofort und steckt sie rasch in ihre Tasche.

Die Zeit verrinnt und bald nähert sich der große Tag der Wahl der Weinkönigin. Das Festkomitee hat sich versammelt und beratschlagt über die Bewerbungen. Eine Bewerbung der schönen Dorina ist allerdings nicht darunter! Erleichtert atmet Sophia auf. Marietta, die gar nicht gewinnen will, würdigt ihre ehemalige Freundin Sophia keines Blickes. Aber wo ist Dorina und was ist mit ihr?

Dort, dort kommt sie mit ihrer Mutter! Und welch Wunder: Die Mama benötigt keine Hilfe mehr, kann wieder alleine laufen! Wer ist dafür verantwortlich? Das hat die gute Äskulapnatter bewerkstelligt. Da Dorinas Mutter nicht mehr laufen und somit auch die heilende Quelle nicht erreichen konnte, hatte die weise Schlange nachgedacht und sich an Sophias schmähende Worte erinnert. Sie, die harmlose Schlange, besitze Giftzähne, die sie in die Adern der Menschen schlage, um ihnen dort das tückische Gift hineinzuspritzen. Ja, das genau war die Lösung des Problems. Die Schlange nahm ein Maul voll des heilenden Wassers aus der Quelle, brachte es zur Mutter und ließ es dort mehrmals an deren krankem Bein hinabrinnen. Diese Prozedur wiederholte die brave Schlange unzählige Male, bis endlich eine gewisse Besserung eingetreten war. Wenn sie allerdings in ihrer harten

Arbeit müde zu werden drohte, dann spornte sie sich selbst immer wieder an:

„Ich soll mich beeilen!

Keine Zeit zum Verweilen!

Muss Mütterchen heilen!"

Ihre Anstrengungen verdoppelnd, hetzt und jagt die Schlange zwischen der Quelle und der Mutter hin und her. Beim letzten Mal jedoch steht die Mutter von ihrem Rollstuhl auf und beginnt, wieder ohne fremde Hilfe zu laufen!

„Dank dir, Schlange!

Mir war bange!

Doch jetzt kann ich wieder gehen

Mir die Krönung anzusehen.

Mit Dorina, meinem Kinde

Eil nach Martinsthal geschwinde!"

Und das tun sie auch! Gerade jetzt sind sie und die Schlange auf dem Weg zur Kür der Weinkönigin. Schon von Weitem vernehmen sie das Singen und Klingen.

„Es strömt der Rhein

Es fließt der Wein

Kommt, lasst uns alle fröhlich sein!"

Dorinas Mutter versucht mit all ihrer Willenskraft, noch ein wenig schneller zu laufen, aber es geht noch nicht. Verzweifelt fordert sie ihre Tochter Dorina auf:

„Lauf voraus, mein gutes Kind!

Spring geschwind so wie der Wind!

Musst mich lassen, sollst gewinnen!

Flieg, mein Vöglein, flieg von hinnen!"

Doch vergebens, sie werden nicht mehr zur rechten Zeit ankommen, denn die Bewerbungen sind so gut wie abgeschlossen! Schade, schade, aber nun gut! Für die glückliche Dorina ist es viel wichtiger, dass ihre liebe Mama wieder laufen kann, als dass sie Weinkönigin werden könnte. Dorina wird auch klatschen, wenn Sophia gewinnt. Sie wird nicht neidisch sein. Artig bedankt sie sich noch einmal bei der guten Schlange, die langsam, aber ziemlich traurig nach Schlangenbad zurückkehrt, um sich dort wieder um ihren Gesundheitsstab zu winden. Mehr konnte sie einfach nicht tun.

Aber weder Schlange noch Dorina, weder die Mutter noch Marietta haben mit der Reaktion von Sophia gerechnet. Diese, nachdem sie das Wunder der Heilung auch hat sehen können, wendet sich nun an das Festkomitee und legt das kleine, goldene Krönchen der Äskulapnatter auf den Richtertisch. Dann sagt sie mit tränenerstickter Stimme:

„Meine ehrenwerten Herren Richter! Hiermit übergebe ich euch die wahre Krone des Weines! Sie gehört unserer heimischen Äskulapnatter, die so viel Gutes und Segensreiches tut! Sie allein soll unsere Weinkönigin sein! Meine Freundin Dorina, die selbstlos und uneigennützig für ihre kranke Mutter auf eine Bewerbung verzichtet hat, soll diese Krone tragen dürfen!"

Die Aeskulapschlange

Zuer Zruene Erd-beeren Verboten!

Noch vor 80 Jahren war Erbach im Rheingau von Erdbeerfeldern umgeben und berühmt für die ‚Königin der Früchte‘. Aus dieser Zeit stammt auch der Brauch des Erdbeerfestes, mit Umzügen, Tanz, viel Bowle und Erdbeerkuchen. Da ereignet sich in einem der Jahre kurz vor dem Fest Folgendes:

Auf den Erdbeerfeldern von Erbach im Rheingau werden die reifen Erdbeeren gepflückt. Viele fleißige Hände legen die köstlichen Früchte ganz vorsichtig in die Körbchen, damit auch nicht eine von ihnen gedrückt oder gar zerquetscht wird. Jede dieser Erdbeeren ist mächtig stolz darauf, beim bevorstehenden Erdbeerfest dabei sein zu dürfen. Schließlich werden sie ja dafür auch eigens gezüchtet und angebaut.

„Von den Beeren nur das Beste

Genügt uns für das Erdbeerfeste,

Ob in Bowle oder Kuchen,

Groß und Klein möcht' es versuchen!"

Hoch stapeln sich die Körbe mit den zuckersüßen Beeren. Da erklingt ein dünnes Stimmchen:

„He, halt, hier bin ich! Nehmt mich mit! Ich bin auch eine reife Erdbeere! Wollt ihr mich denn nicht pflücken? Ich schmecke doch auch sehr süß und aromatisch!"

Das jedoch scheinen die Pflücker keineswegs so zu sehen, denn achtlos gehen sie an der schreienden grünen Erdbeere vorbei. Diese jammert:

„Warum will mich denn keiner ernten? Was habt ihr denn gegen mich? Bin ich euch nicht gut genug?"

Genau das ist es! Einer der Pflücker, der da an der verschmähten Erdbeere vorbeigehen, ruft ihr zu:

„Wir wollen dich nicht! Bei uns kommen nur reife, wohlschmeckende Erdbeeren in den Korb! Wir ernten keine grünen, unreifen Früchte, hörst du! Werde erst mal dick und rot und süß, dann darfst du auch auf unser Erdbeerfest!"

Oh, wie sehr klagt und weint da die kleine, grüne Erdbeere in ihrem tiefen Kummer! Dieser Pflücker hat ja recht. In einer Spiegelscherbe hat sie sich gesehen und ist ganz erschrocken, wie jämmerlich klein und schrecklich grün sie ist. Ihre großen, dicken Schwestern sind alle so herrlich rot und duften so verführerisch. Nur sie, die kleine, grüne, hässliche Erdbeere, bleibt alleine auf dem weiten Feld zurück und grämt sich sehr. Sie fühlt sich schrecklich einsam, und außerdem wird es schon dunkel.

Als der alte Mond hell und voll am Himmel steht, sieht er, wie da unten auf den abgeernteten Feldern eine grüne Erdbeere mutterseelenallein sitzt. Freundlich spricht er sie an:

„Was hockst du da, kleine, grüne Erdbeere? Wo sind deine roten, schönen Schwestern? Warum bist du denn nicht mit ihnen gegangen?"

„Ach, lieber Mond, mein Herz ist schwer. Meine roten, süßen Schwestern sind alle abgeholt worden und dürfen als Ehrengäste beim kommenden Erdbeerfest mitmachen. Mich aber hat niemand gewollt! Nicht einmal gefragt haben sie mich! Ich sei zu klein, zu grün, zu unreif und …", die Erdbeere schluchzt, kann kaum noch weitersprechen. „Und ich sei überhaupt keine richtige Erdbeere!"

Der kluge Mond erkennt sofort, in welch trauriger Lage sich diese kleine, grüne Erdbeere befindet, und tröstet sie:

„Aber natürlich bist du eine richtige Erdbeere! Das kann sogar ich sehen. Wohl aber bist du, zugegebenermaßen, noch nicht ganz so dick und auch nicht ganz so rot wie es sein sollte, aber das kann sich doch ganz schnell ändern. Dagegen muss man was tun! Natürlich klappt das nicht, wenn du hier sitzen bleibst und dein Unglück beklagst. Wenn du glaubst, dass die Pflücker wiederkommen und dich holen, dann wartest du vergebens. Du musst deinem Glück entgegen gehen. Steh also auf und laufe in die Richtung, wo morgen früh die Sonne aufgeht! Schau dich um, stelle Fragen, sei hellwach und spitze die Ohren! Dann wird am Ende aus dir die dickste, saftigste, leckerste Erdbeere, die man sich nur vorstellen kann! Also, mach dich auf den Weg, ich werde dir mit meinem Licht leuchten, damit du dich nicht verirrst!"

Mit den guten Ratschlägen des alten Mondes versehen, macht sich die kleine, grüne Erdbeere auf den Weg. Als sie das Feld verlässt, nimmt sie aber nicht die große Straße, auf der sie zwar rascher voran kommen würde, die jedoch viel gefährlicher ist, weil die Autos dort so schnell fahren, dass die kleine, grüne Erdbeere von ihnen überrollt und zerquetscht werden könnte. Deshalb wählt sie den scheinbar sichereren Feldweg. Wie gefährlich der aber auch sein kann, das ahnt unsere Erdbeere zum Glück noch nicht. Zuerst freilich scheint es eine kluge Wahl, denn so sieht sie nicht, dass an der Hauptstraße ein breites Verkehrsschild angebracht ist, auf dem geschrieben steht:

Keine Weiterfahrt für unreife Erdbeeren!

Und über der Schrift ist noch ein achteckiges Stoppschild zu sehen, auf dem eine grüne Erdbeere mit einem dicken, roten Balken durchgestrichen ist. Wenn unsere Erdbeere das gelesen hätte, wäre sie sicherlich sofort vor lauter Scham wieder umgekehrt. So aber, da sie den anderen Weg genommen hat, lässt sie sich auch nicht von diesem dummen Verbot entmutigen und marschiert tapfer los. Gleichdarauf kommt ihr eine fette Schnecke entgegen.

„Wohin des Wegs, du Erdbeerlein?

Wanderst hier so ganz allein?

Lass dir helfen, lass dich schützen,

Gern ich dir als Freund will nützen!"

Das Lied der Schnecke klingt nett und freundlich, aber sie kann es dabei nicht unterdrücken, sich die Lippen zu lecken, so groß ist ihr Appetit auf unsere Erdbeere. Die aber erinnert sich zu ihrem Glück an die Worte des klugen Mondes. Sie solle genau hinhören, wer da etwas sagt und wie er es wirklich meint. Diesen Rat befolgt sie nun und merkt gleich, dass die Schnecke nichts Gutes im Schilde führt, gerade weil sie so schleimig spricht. Schnecken mögen nämlich sogar kleine, grüne Erdbeeren sehr gerne. Diese Schnecke hätte eine unschuldige Erdbeere mit großem Behagen verspeist, wenn nicht der gute Mond und seine weisen Ratschläge geholfen hätten. So antwortet unsere Erdbeere sehr höflich, aber bestimmt:

„Ich danke dir für dein großzügiges Angebot, liebe Schnecke. Da du aber bereits dein Haus auf dem Rücken zu schleppen hast, kann ich es nicht verantworten, dass du dich noch mit mir und meinem Problem belastest. Wir scheiden also als Freunde, wie du bereits sagtest!"

Das hat die kleine, grüne Erdbeere sehr schlau gesagt, und die Schnecke, der nichts dazu einfällt, muss sie wohl oder über ziehen lassen. Doch bald, ermüdet und ermattet von der langen Wanderung, legt die kleine, grüne Erdbeere eine Rast ein.

Immerhin ist sie ja schon die halbe Nacht auf den Beinen. Erschöpft lässt sie sich ins Gras sinken und beschließt, ein wenig zu schlafen. Schon fallen ihr die Augen zu, wollen die schönen Träume kommen, als sie sich, gerade noch rechtzeitig, an die Warnung des klugen Mondes erinnert, stets hellwach zu sein. Augenblicklich schlägt sie ihre müden Augen wieder auf. Keinen Moment zu spät, denn unbemerkt hat sich ein langer, glatter Regenwurm genähert, der auch nicht abgeneigt wäre, eine Erdbeere zu vernaschen. Als er nach ihr greifen will, wird sie ziemlich wütend:

„Lass deine glitschigen Finger von mir, sonst schreie ich laut um Hilfe! Das hört die Vogelpolizei, eilt rasch herbei und dann ist es um dich geschehen! Du hast die Wahl: Pfoten weg oder bye, bye Regenwurm!"

Trotz seiner Gelüste erkennt der gar nicht dumme Regenwurm die große Gefahr, in die er sich selbst bringen würde. Er dreht und windet sich, tut so, als hätte er an nichts Böses gedacht, schmeichelt stattdessen der empörten Erdbeere:

„Habe dich da nur so rumliegen sehen. Dachte, du gehörst niemandem. Wollte dich bloß zum Fundbüro begleiten. Weil du so gut riechst. Wie leicht könnte dir da ein Leid zustoßen! Hätte mir ein großes Vergnügen bereitet, dir zu Diensten sein zu dürfen."

Ja, so spricht der Wurm, dreht sich im Kreise, ringelt sich wie eine Schlange und führt allerlei Kunststücke vor. Natürlich glaubt ihm unsere kleine, grüne Erdbeere kein Sterbenswörtchen, nutzt aber, da er sich schon anbietet, die Gelegenheit und fragt nach dem Weg in Richtung Erbach am Rhein.

„Ich zeig ihn dir! Vertraue mir!"

Gemeinsam ziehen sie also los. Da erinnert sich die Erdbeere wieder an die Anweisungen des guten Mondes, immer genau zuzuhören, wie und was jemand so spricht. Deshalb fragt sie, während sie dort wandern:

„Sag mir, Regenwurm, hast du vorhin nicht behauptet, dass ich gut riechen würde?"

„Ja, das habe ich."

„Wenn ich schon gut rieche, dann könnte ich doch auch bald ganz lecker und schmackhaft werden, nicht wahr? Meinst du, dass aus mir eines Tages eine richtige Erdbeere werden könnte?"

„Wohl, wohl, aber sicher doch! Du musst nur daran glauben, darfst nicht zweifeln! Wenn du wirklich und wahrhaftig eine rote, süße Erdbeere werden willst, dann wirst du das auch. Davon bin ich felsenfest überzeugt."

Diese tröstenden Worte des Regenwurms tun der kleinen, grünen Erdbeere sichtlich gut, und sie ist jetzt froh, dass dieser sie auf ihrer Wanderung begleitet. Aber der Wurm schaut sorgenvoll nach der Sonne, die gerade am Himmel aufgeht.

„Ich muss dich leider verlassen, liebe Erdbeere, denn die Sonnenstrahlen sind mir zu heiß und trocknen meine empfindliche Haut aus. Schließlich bin ich ein Regen- und kein Sonnenwurm! Aber für dich, meine liebe Erdbeere, ist die Sonne das Beste, was dir passieren kann. Deshalb ein letzter kostenloser Rat: Bade so lange und so oft wie möglich in der Sonne! Dann wirst du dick und zuckersüß. Niemand wird dir widerstehen können! Auf ein baldiges Wiedersehen, meine rote, duftende Freundin!"

Die kleine, grüne Erdbeere wird ganz rot vor Freude über das nette Kompliment, aber sie merkt es nicht. Kaum ist der Regenwurm im Boden verschwunden, da trippelt eine dicke, schwarze Amsel heran. Amseln fressen ebenfalls gerne Erdbeeren, aber noch lieber verspeisen sie fette Regenwürmer. Deshalb fragt sie:

„He, kleine, rote Erdbeere! Sag, wohin ist dieser leckere Regenwurm verschwunden! Ich möchte ihn nämlich etwas Wichtiges fragen."

Aber unsere Erdbeere verrät keinen Freund, selbst wenn sie dabei ihr eigenes Leben aufs Spiel setzt. Ihr ist klar, dass diese Amsel lügt, dafür hat sie einen zu scharfen Schnabel und zu hungrige Augen. Stattdessen nutzt sie die Gier der Amsel aus, sagt scheinbar ahnungslos:

„Es wird doch sicherlich bald regnen. Dann taucht er bestimmt wieder auf."

„Nein, nein!", widerspricht da die Amsel. „Gerade heute soll es richtig heiß werden, sodass die Erdbeeren, die noch nicht gepflückt worden sind, ganz schnell reif und prall werden. Sie müssen sich nur tüchtig in die Sonne legen und abwarten."

Genau das wollte unsere kleine, rote Erdbeere wissen. Sonnenschein den ganzen Tag. Kein Tropfen Regen, der die Beeren faulen lässt! Nur in der warmen Sonne baden, das ist alles! Als die Amsel wegfliegt, legt sie sich zufrieden neben dem Weg ins warme Gras und holt den Schlaf der vergangenen Nacht nach.

Erst spät am Nachmittag erwacht sie, als zwei Menschenhände sie ganz vorsichtig vom Grasboden aufheben.

„Wen haben wir denn da? Was bist du doch für eine wunderbare Erdbeere! Wer wirft denn so etwas Kostbares weg? Ein solches Prachtexemplar wie dich habe ich ja noch nie gesehen! Und wie du duftest! Reif, süß, frisch und fruchtig! Komm mit mir, ich werde dich auf die Spitze der großen Torte setzen und dich zur Königin der Erdbeeren küren! Solch eine grandiose Erdbeere auf der Torte hat das Erbacher Erdbeerfest bestimmt noch nie zuvor erlebt!

Als die ehemals kleine, grüne Erdbeere endlich ganz oben auf der Torte sitzt, sieht sie, wie ihr aus der Ferne der Regenwurm und die Schnecke freundlich zuwinken. Die beiden sind jetzt richtig gute Freunde geworden. Die Erdbeere singt:

„Meine gute Freundin Schnecke

Und den lieben Regenwurm,

Seh' ich biegen um die Ecke

Hier von meinem Tortenturm!"

Und als die Nacht über dem Erdbeerfest herein-
bricht, schaut auch der Mond ganz zufrieden
drein. Auch für ihn hat die glückliche Erdbeere ein
Lied:

„Lieber Mond, dein Rat war gut,

Deine Worte hatten recht!

Denn durch sie fasst ich den Mut!

Ohne dich ging es mir schlecht!"

Von ganzem Herzen dankbar, lächelt die jetzt große, rote verführerisch duftende Erdbeere dem
Mond zu, und der kneift listig-lustig ein Auge zu,
verschwindet dann kurz hinter einer Wolke und
winkt freundlich zurück.

Die Kleine Gruene Erdbeere

Das Rote Maedchen

Oh, wie oft hört man jenen folgenden Spruch:

„Wenn du nicht sofort brav bist, dann kommt das rote Mädchen und holt dich!"

So wird den kleinen, unartigen Kindern gedroht, aufdass sie sich ordentlich fürchten sollen. Aber es gibt kein rotes Mädchen! Keines, vor dem man Angst zu haben hätte. So etwas erzählen die alten Leute den Kindern nur, weil sie ihre Ruhe haben möchten. Außerdem hat keiner von ihnen dieses besagte rote Mädchen je gesehen. Trotzdem scheinen sich alle vor diesem Mädchen zu fürchten, obwohl es doch gar nicht existiert! Man sagt auch, dass seine roten Haare wie die Flammen des Feuers seien, und wenn es wolle, dann könne es damit im Winter die zugefrorenen Bäche und Flüsse wieder auftauen. Die roten Haare seien heißer als unsere liebe Sonne am Himmel. Doch keine Angst, ihr Kinder und ihr alten Leute, dieses rote Mädchen gibt es einfach nicht!

Nun begab es sich, dass ein junger Prinz, der ebenfalls von diesem roten Mädchen gehört hat, auf seinem Schimmel ausreitet, um genau dieses rote Mädchen zu suchen und zu finden. Das hat seinen guten Grund, denn er kommt aus einem Land, in welchem ewiger Winter herrscht, es demzufolge immer bitterkalt ist und alle seine Untertanen mächtig frieren. Den Sommer kennen sie nur vom Hörensagen, wenn Fremde in ihr Land reisen und davon berichten. Der Prinz gedenkt, das rote Mädchen zu fangen und in sein Reich zu verschleppen, wo es erst für Tauwetter und dann für Sonnenschein und Wärme zu sorgen hätte. Dieser Prinz nämlich glaubt fest an jenes rote Mädchen!

Auf seinem Ritt über Hunderte von Meilen erreicht er endlich die schöne Stadt Lorch am Rhein. Gleich den Erstbesten, der ihm begegnet, fragt er, ob dieser das rote Mädchen kenne und wisse, wo er, der Prinz, es finden könne. Der Lorcher Bürger aber lacht ihn aus:

„Ha, ha, ha! Man merkt, dass du nicht von hier bist, Fremder! Das rote Mädchen suchst du? Hm, hm! Ja, ich glaube, dass ich es kenne, und weiß auch, wo es wohnt. Reite nur fürbass hier am Rhein entlang bis nach Rüdesheim, und dort fragst du weiter! Und vergiss nicht, in der Drosselgasse einzukehren und einen, zwei oder drei Schoppen Wein zu trinken! Danach wird dir ganz gewiss das rote Mädchen erscheinen!"

Dankbar macht sich der Prinz mit seinem Schimmel – in seinem Königreich sind auch die Pferde weiß, weil dort so viel Schnee liegt – auf seine Reise nach Rüdesheim. Doch statt am Ufer des Rheins zu bleiben, wie ihm der freundliche Lorcher Bürger geraten hat, wendet er sich den Rheinhöhen zu und verirrt sich prompt in den Hügeln und Tälern des Hinterlandswaldes. Als er merkt, dass er seinen Weg verloren hat, beginnt es bereits zu dämmern und es wird kalt. Nun, Kälte kennt der Prinz ja gut genug aus seinem eigenen Königreich, aber in der Dunkelheit und noch dazu in einer fremden Umgebung, da kann einem schon angst und bang werden. Vorsichtshalber zieht er deshalb sein blankes Schwert, um gewappnet zu sein, sollte er, von wem auch immer, überfallen werden.

Da sieht er in einiger Entfernung ein rotes Licht leuchten. Ganz offensichtlich handelte es sich um ein Lagerfeuer für einen Kohlenmeiler, ein Feuer also, das die Köhler im Wald entzünden, um mit der Glut im Meiler Holzkohle zu brennen. Ganz froh darüber, dass dort Menschen wohnen und er vielleicht ein Nachtlager bekommt, reitet er auf das Licht zu. Nach einer ganzen Weile jedoch fällt ihm auf, dass das rote Licht keinen einzigen Meter näher gekommen ist. Es leuchtet noch genau so fern wie vorher. Verwundert reibt sich der Prinz die Augen, reitet aber weiter. Nach einer neuen Stunde freilich wird ihm klar, dass das rote Licht, woher es auch kommen mag, immer noch in gleicher Entfernung zu ihm leuchtet. Man könnte den Eindruck gewinnen, dass es gar nicht stillsteht, sondern sich ebenso rasch wie der Prinz auf seinem Pferd bewegt, als wollte es vor ihm fliehen. Da kommt ihm ein Gedanke: Könnte jenes Licht von jenem roten Mädchen stammen, nach welchem er sucht? Will sie ihn locken? In die Irre führen? Das darf nicht sein! Ein Prinz kann sich nicht von einem Mädchen an der Nase herumführen lassen! Er treibt sein Pferd an, reitet schneller, verdoppelt seine Geschwindigkeit.

Doch auch das rote Licht gibt Gas, jagt durch die Nacht und der Prinz hinter ihm her. Nun will er es fangen, koste es, was es wolle, obwohl es sehr gefährlich ist, hier so durch den dunklen Wald zu hetzen. Als er um eine Wegecke biegt, passiert es. Ein starker Ast ragt über den Weg und reißt den

Prinzen von seinem Pferd, als er dagegen knallt. Halb betäubt findet er sich auf dem Waldboden liegend wieder. Sein Schwert hat er beim Sturz verloren, sein Schimmel ist in heller Angst auf und davon. Sämtliche Knochen schmerzen, und der Prinz beginnt zu weinen. Nie zuvor hat er das je getan, weil dort, von wo er herkommt, die Tränen sofort zu Eis gefrieren würden. Er merkt es gar nicht, wünscht sich zurück in sein eisiges, weißes Königreich, als ihn etwas mit sanfter Hand berührt. Erschreckt blickt er vom Boden auf, vermag aber in der rabenschwarzen Dunkelheit nur ganz schwach die Umrisse eines Mädchens zu erkennen. Bevor er sich noch darüber wundern kann, was sie hier und um diese späte Stunde macht, beginnt sie, ihn schon auszufragen:

„Woher kommst du, Fremder? Was machst du hier am Boden? Bist du ein Tourist? Warst du vielleicht in Rüdesheim in der Drosselgasse, hast dort gar zu viel Wein getrunken und dich anschließend verirrt? Wie bist du denn hier hergekommen? Etwa zu Fuß? Was hast du jetzt vor? Wolltest du dich gerade schlafen legen?"

Dem noch immer am Boden liegenden Prinzen brummt jetzt der Kopf, aber weniger von dem üblen Sturz als von den neugierigen Fragen des unbekannten Mädchens. Er überlegt, ob er ihr die Wahrheit sagen soll, berichtet dann aber, dass er aus einem fernen, kalten Reich stamme und auf der Suche nach einer bestimmten Person sei. Vorsichtshalber jedoch erwähnt er nicht, dass er das rote Mädchen zu fangen beabsichtigt. Er habe einen Einheimischen nach deren Aufenthaltsort gefragt und dieser habe ihn nach Rüdesheim geschickt. Dort aber sei er nie angekommen, habe sich stattdessen im Wald verlaufen und sei jetzt hungrig, durstig und wirklich müde.

Jetzt zögert das fremde Mädchen, überlegt eine Weile. Dann reicht sie ihm ihre Hand, um ihm beim Aufstehen behilflich zu sein.

Hei, wie erschrecken sie da beide! Der Prinz, weil er glaubt, glühendes Eisen gepackt zu haben, das Mädchen hingegen vermeint, einen Eiszapfen anzufassen. Stotternd verlangt der Prinz von ihr zu wissen: „Ha, hast du etwa Feuer in dir?" Und das Mädchen fragt: „Bi, bist du etwa der Winter?"

Darüber müssen beide lachen und schütteln sich noch einmal die Hände. Dieses Mal freilich als Freunde, und weder ist ihre Hand zu heiß noch die seine zu kalt. Dann spricht das Mädchen:

„Ich kann mir denken, wen du hier zu finden hoffst. Ich wusste es sofort, als ich das erste Mal deine Hand hielt. Du suchst nach dem roten Mädchen, damit dir endlich warm ums Herze wird. Du kennst nur die Kälte des ewigen Winters und verlangst nach der Sonne des Sommers. Ich werde mit dir gehen, wenn du mir versprichst, dass du an mich glaubst und mich niemals mehr verlässt, denn ich bin das rote Mädchen mit dem heißen Feuer."

Hocherfreut, dass er sie gefunden hat, schwört der Prinz ihr ewige Treue. Daraufhin pfeift das Mädchen auf den Fingern, und geschwind wie der Wind kommen ihr Hund und der Schimmel des Prinzen herangaloppiert. Der Prinz hebt sie auf das Pferd und geht neben ihr her, während der Hund den Weg zeigt. Gemeinsam wandert man durch die Nacht auf jenes rote Leuchten zu, das jetzt gar nicht mehr so weit entfernt erscheint.

Da vernehmen sie eine kauzige Stimme:

„Zwergenfurz und Feuerstein,

Werf Spänlein in den Meiler rein,

Mit des Lagerfeuers Glut,

Wird das Kohlenfeuer gut.

Dampfe Feuer, brenne wenig,

Ich höre einen Sohn vom König,

Mit Feuer ich ihn foppen will.

Da kommt er - Zwerglein sei nun still!"

Es lichten sich die Bäume und sie sind fast schon aus dem Wald heraus, als sich ihnen ein Männlein in den Weg stellt und sie anherrscht:

„Was fällt euch beiden denn ein, so kurzerhand durch meinen Hinterlandswald zu streifen?" Und zu dem Mädchen gewandt, befielt er: „Sofort steigst du ab von diesem Pferd! Habe ich dir nicht verboten, meine Ruhe zu stören und meine Augen nicht mit deinen scheußlich roten Haaren zu beleidigen? Hinweg mit dir, du Hexengesicht! Fort mit dir! Fort, nur fort!"

Dieser Zwerg muss ein Köhler sein, denn sein Gesicht, sein langer Bart und das ganze Zwergenwams sind rußgeschwärzt von der Kohle, die er im Meiler brennt. Sofort bestätigt der Zwerg die Ahnung des Prinzen:

„Habe ich dich heute Nacht im Wald nicht herrlich an der Nase herumgeführt, du ahnungsloses Prinzchen? Hast das rote Feuer meines Lagerfeuers gesehen und wohl gedacht, du könntest dich an einen gedeckten Tisch setzen und hernach in ein gemachtes Bettchen legen, he? Da hast du dich gründlich geirrt, mein schlaues Prinzchen! Hast gedacht, du findest dort auch noch das rote Mädchen? Falsch gedacht und weit gefehlt! Wolltest es mir wegnehmen! Stehlen wie ein heimlicher Dieb in der Nacht? Wohlan, mein adeliger Freund, du darfst sie sogar umsonst haben! Nimm sie dir, deine schöne Braut! Aber schau sie dir vorher genau an! Denn eine Rückgabe ist ausgeschlossen!"

Während der Zwerg seine gehässige Rede hält, ist das Mädchen wortlos aus dem Sattel gerutscht und steht nun wie erstarrt im klaren Licht der Morgensonne. So kann der Prinz nur noch verwundert auf sie schauen. Was er da erblickt, lässt ihn ganz furchtbar erschrecken. Seine Gedanken bringen es auf den Punkt:

‚Wie hässlich sie wirklich aussieht! Wie krumm doch ihre Nase mit der dicken Warze darauf ist! Welch furchtbar rote Haare hat sie, filzig und verlaust! Wie fleckig und glanzlos ihr Gesicht! Wie das eines uralten Hutzelweibleins! Und ihre Augen matt und trübe!

Was hab ich ihr denn da im dunklen Wald nur versprochen? Wahre Liebe und ewige Treue? War ich blind vor Liebe? Zu müde von der langen Reise? Zu abgelenkt von ihrer Freundlichkeit? Wohl alles zusammen! Aber nein und nochmals nein! Ich will dieses Mädchen der Dunkelheit nicht mehr! Ich kenne diese garstige Alte nicht! Ich fürchte mich vor ihr!'

Das alles hat der Prinz zwar nicht laut ausgesprochen, lediglich gedacht, aber an seiner entsetzten Miene kann das rote Mädchen Wort für Wort ablesen, dass er seinen Schwur ihr gegenüber brechen wird. Enttäuscht wendet sie sich zum Gehen. Der schreckliche Zwerg aber lacht aus vollem Halse:

„Ha, ha, ha! Du treuloses Prinzlein! Eben noch verliebt bis über beide Ohren und jetzt zu Tode erschrocken! Ja, ja, ja! Wieder einer von euch feinen Herren, die mein rotes Töchterlein freien wollen, es aber dann bei Tageslicht erblicken, sofort kalte Füße bekommen! Ho, ho, ho, du löwenherziges Prinzlein! Renn doch nicht gleich wieder weg! Ist sie denn nicht frisch wie der junge Morgen? Nein? Passt diese anmutige Höckernase nicht hervorragend zu ihren roten Pferdehaaren? Hi, hi, hi! Ja, Prinzlein, sie kann genauso wiehern wie dein eigenes Rösslein hier! Und sie liebt es, Heu zu fressen! Wenn ihr dereinst Kinderlein haben werdet, dann tragen sie rote Mähnen und springen auf vier Beinen! Komm, Prinzchen, halte flugs bei dem alten Vater um ihre Hand an, bevor ein anderer sie dir wegschnappt! Gerne werde ich dir mein wohlgeratenes Töchterlein zur Braut geben, wenn du mich dafür in deinem winterkalten Königreich als Köhler arbeiten lässt!"

Kaum hat der Zwerg geendet, da schwingt sich der Prinz wieder auf sein Pferd und will losreiten. Nur fort von diesem Ort! Aber der treue Hund des roten Mädchens verstellt ihm den Weg:

„Was bist du für ein feiger Kerl! Einen solch hasenfüßigen Prinzen hätte meine gute Herrin gar nicht verdient! Wenn es nach mir ginge, würde ich dir noch dazu in den Hintern beißen, damit du noch schneller rennen kannst. Aber ich darf es leider nicht, denn ich habe ihre Tränen gesehen, wie du ihr das Herz gebrochen hast. Du glaubst dem Bösen und verleugnest das Gute! Genau das ist seine Absicht, du dummer, dummer Prinz! Dieser widerliche Zwerg behauptet, ihr Vater zu sein. Da aber lügt er, denn das ist er keineswegs! Weil meine Herrin ihn nicht heiraten wollte, hat er sie verzaubert und so hässlich gemacht, dass kein anderer als er sie mehr haben will. Nur derjenige, der an sie glaubt, kann sie aus diesem Zauberbann erlösen! Wenn du jetzt wegreitest, ist meine arme Herrin für immer verloren! Drum sei ein Mann und kämpfe um sie! Zeige diesem Zwerg, dass du ein edler Gemahl für sie sein wirst! Steige ab von deinem Pferd und prügele mit deinem Schwert den Zauberspruch aus ihm heraus! Er ist ein Unhold!"

So also spricht der treue Hund des unglücklichen roten Mädchens. Dann springt er zur Seite und gibt den Weg frei. Der Prinz auf seinem Schimmel sitzend, starrt auf den Hund und überlegt, warum er diesem vertrauen soll. Immerhin hat dieser Hund nur drei Beine, einen abgeschnittenen Schwanz und ein Fell ebenso zottelig und rau wie die Haare seiner Herrin. Aber irgendwie rühren ihn dessen Worte und er schämt sich seiner eigenen Feigheit und Treuelosigkeit. Dann steigt er wieder aus dem Sattel, schleudert sein scharfes Schwert zur Seite und tritt auf den grinsenden Zwerg zu:

„Ich komme unbewaffnet, du Wicht, denn ich will keinen Vorteil dir gegenüber haben! Aber ich werde dich jetzt so verhauen, dass du wünschtest, niemals Hand an dieses Mädchen gelegt zu haben!"

Nach seiner Rede stürzt er sich auf den Zwerg, aber der ist stark wie ein Bär. Mit gewaltiger Kraft schleudert er den Prinzen gegen einen Baum, dass dieser in seinen Wurzeln erbebt. Als der Prinz erneut angreift, wirft ihn der Zwerg hoch in die Luft und fängt ihn lachend wieder auf:

„Na, mein armseliges Prinzlein, bist du schon müde? Nicht noch ein kleines Purzelbäumchen gefällig? Nein? Na dann, mein Prinzchen, schlaf ein, schlaf ein!"

Mit diesen Worten schlägt der böse Zwerg auf den Kopf des Prinzen und will ihn zu seinem Kohlemeiler schleppen, um ihn dort zu verbrennen. Aber er hat nicht mit dem roten Mädchen und ihrem Hund gerechnet. Während dieser den Zwerg von hinten ins Bein beißt, setzt ihm das rote Mädchen die Schwertklinge auf den Hals und befielt:

„Lass ihn los, lass ihn frei,

Dann erst ist der Spuk vorbei!

Lass ihn nun von dannen reiten,

Zum Altar kannst mich geleiten!"

Der alte Zwerg erschrickt zu Tode. Genau das sind die Zauberworte, die er nicht hatte hören wollen! Nur wer bereit ist, seine Liebe für einen anderen selbstlos zu opfern, dem kann kein böser Zauberbann mehr etwas anhaben. Wutentbrannt verschwindet der Zwerg in einer Wolke aus rußigem Gestank und unter wilden Verwünschungen, während das rote Mädchen wie in einen dichten Nebel gehüllt erscheint. Als sich die Nebelschleier lichten, steht da ein wunderschönes Mädchen in einem prächtigen Kleid aus rotem, schimmerndem Samt vor ihm. Der überglückliche Prinz kann seine nun zurückverwandelte, wunderschöne Braut in die Arme schließen. Er ist ganz ergriffen von der hehren Gestalt, die vor ihm steht und wortlos lächelt. Ihr rotes Haar leuchtet wie eine Mischung aus auf- und untergehender Sonne. Auch der treue Hund läuft wieder auf allen vier Beinen und der heile Schwanz wedelt vor Freude. Sein ehedem zotteliges und verfilztes Fell glänzt nun wie reine Seide. In aller Treue folgt er seiner Herrin in das Reich aus Eis und Schnee, und sie erwärmt dort die Herzen seiner Bewohner. Das rote Mädchen hat zugleich die Sonne des Sommers mitgebracht!

Das Rote Maedchen

Zeitfracht Medien GmbH
Ferdinand-Jühlke-Straße 7
99095 Erfurt, Deutschland
produktsicherheit@kolibri360.de